SÉRIE NOIRE

Collection créée par Marcel Duhamel

DEON MEYER

LA FEMME AU MANTEAU BLEU

TRADUIT DE L'AFRIKAANS
PAR GEORGES LORY

nrf

GALLIMARD

Cet ouvrage a été publié avec le concours
de Marie-Caroline Aubert.

Titre original :
DIE VROU IN DIE BLOU MANTEL

1

12 octobre

Il a faim, il a soif, il crève de peur, mort de fatigue, seule l'adrénaline lui permet de mettre un pied devant l'autre. Il continue de marcher dans l'obscurité nocturne, puis l'horizon se colore, le monde prend forme, l'espoir renaît en lui. Juste avant huit heures, à l'instant où le soleil s'apprête à poindre sur Rotterdam, le marché de Schiedam s'ouvre à lui dans une lumière douce et dorée, avec la foule, la cohue, la pagaille. Son cœur palpite d'espoir : ici, il peut éventuellement s'échapper. S'esquiver.

Il ne se retourne pas. Il sait qu'ils sont sur ses talons. Il continue de marcher dans la même direction, se laisse avaler par le brouhaha. Commerçants à forte voix qui font l'article, passants qui bavardent, rient, se disputent, crient, un bébé inconsolable en pleurs. Des poules indignées caquètent, les chevaux hennissent, au loin le meuglement d'une vache. Odeurs de poissons et de crustacés, crabes, crevettes, homards, de duvet de canard brûlé, de fumier, de sol mouillé, de viande de porc embrochée, de saucisses grillées – et un instant, ses jambes en flageolent tellement il en a envie –, l'effluve d'un pain rond et chaud dans le panier d'un garçon qui le croise.

Il aperçoit la veste bleu foncé à l'arrière d'une charrette, et intuitivement se rend compte que personne n'y prête attention. Il s'en saisit prestement avec une économie de mouvements, en voleur habile. Expérimenté. Il plie la veste en deux et la colle sur son ventre. Il s'agenouille derrière les caisses en bois d'un étal de fromages, dépose son chapeau par terre. Il se défait de sa vareuse brune, élimée et puante, la jette. Le soleil apparaît à l'est. Il enfile la veste dérobée, se relève. Ses jambes fléchissent à nouveau, il titube, s'avance courbé et se redresse par la suite.

Il oblique en direction de Delft.

Il ne se retourne toujours pas, car il a trop peur de les voir. Les quatre hommes qui le coursent, qui le pourchassent.

2

Ironie de la géographie, celui qui a disposé le cadavre sur le muret de pierre a pu apercevoir Moordenaarskop, la Pointe des Assassins, un des hauts pics rugueux de la chaîne hollando-hottentote qui surplombe Somerset West.

Elle est étendue tout en haut du panorama au col de Sir Lowry, la tête vers le nord, les pieds vers le sud. Entièrement nue, le corps d'une pâleur de cire. Au loin en bas, arrière-fond envoûtant, scintillent des lumières urbaines – Gordon Bay, Strand, Somerset West et même Khayelitsha. Au premier coup d'œil, elle semble alanguie, comme si elle posait pour une photo, pour un tableau ! Mais en regardant de plus près en cette nuit finissante, le tableau devient vite déconcertant : une femme nue dans le froid saisissant du mois de mai. Son bras gauche pend le long du mur dans un angle curieux, ses phalanges effleurent le sommet des herbes vertes. D'étranges taches et morsures se lisent dans ses cheveux courts et fins, ainsi que sur son pubis. Le raffut du trafic sur la N2 est incessant, les phares jaunes des véhicules se reflètent sur elle, vont et viennent dans le grand virage alentour. Il est impossible qu'elle se repose de la sorte. Quelque chose de grave cloche dans le paysage.

À quinze kilomètres de là, une femelle léopard court sur le sentier. Elle n'a pas besoin de l'éclairage de la pleine lune. Elle veut partir plein nord, vers son terrain de chasse habituel, les précipices et les failles des montagnes rêches, son territoire bien délimité, sa zone de sécurité.

Cela fait deux jours qu'elle tourne par ici, trop près des hommes, des voitures, des bruits et des odeurs qui la rendent nerveuse, l'empêchent de dormir dans sa quête d'eau et de proies après la sécheresse étouffante d'un été trop long.

Elle suit le sentier par lequel elle est venue, deux traces qui serpentent en descendant la pente, elle veut rentrer, franchir la route goudronnée, passer au large du grand lac – elle hume l'eau à nouveau – et repiquer dans les montagnes.

Une rumeur l'arrête. D'abord vague, puis grandissante, avant qu'elle la reconnaisse : le bruit de véhicules. Elle entend deux d'entre eux faire halte juste en contrebas, voit la braise des phares. Des voix. Le grincement d'un portail.

Elle se retourne et se fond dans l'ombre des broussailles.

Cette nuit, elle ne pourra pas rentrer chez elle.

À 5 h 55, deux heures avant le lever du soleil, le chauffeur d'un taxi minibus qui assure le trajet Mthatha-Le Cap fait un crochet vers le panorama afin d'aller uriner. Il s'arrête et sort précipitamment. Il ne remarque pas le cadavre sur le muret.

Les treize passagères – couturières, plongeuses de restaurants, aides ménagères, femmes d'entretien – sont toutes xhosas. L'une d'elles, assise dans la deuxième rangée, aperçoit la silhouette insolite sur le muret. Elle invoque Dieu. Les autres se réveillent, regardent dans la direction qu'elle indique. Elles baissent les vitres et crient au conducteur de venir. Il voit. Il prend peur, pisse sur ses chaussures et jure. Il remonte vivement sa braguette et grimpe dans le minibus. Il met le moteur en route.

« Mais non, hurle une des dames, appelle la police. »

Le chauffeur est réticent. Il songe que ça va les retarder de plusieurs heures. Son patron sera mécontent. Il n'a rien à voir avec cette Blanche visiblement sans vie.

Il secoue la tête et passe la première. Derrière lui le chœur indigné vocifère d'une seule voix. « On ne part pas tant que tu n'as pas appelé la police. »

Il soupire, coupe le moteur, prend son portable et compose le numéro d'urgence de la police. Longues sonneries. En attendant, il descend du véhicule et s'approche prudemment du cadavre. Il contemple la femme jusqu'à ce qu'il soit convaincu de son décès. La policière qui décroche lui demande de parler plus lentement, en anglais s'il vous plaît. Il décrit ce qu'il voit, répond aux questions interminables sur leur localisation.

Il raccroche enfin. Il se dirige à toute allure vers le minibus et s'apprête à repartir. Mais les treize Xhosas l'interpellent. « On ne peut la laisser toute seule ainsi. »

Le panorama au col de Sir Lowry se trouve presque à équidistance de Grabouw et de Gordon Bay, c'est pourquoi un problème de juridiction administrative sème la pagaille, au début.

Le premier véhicule de police tombe sur ce spectacle unique, tout au bout de l'Afrique : treize femmes en demi-cercle autour d'une dépouille, en train de chanter des psaumes, un chauffeur de taxi, assis de l'autre côté, qui observe la scène.

D'autres patrouilles débarquent, avec des sergents et des agents curieux venus des bureaux de Grabouw et de Gordon Bay, suivies peu après par une autre encore de Somerset West. Au lever du jour, il y a embouteillage sur les lieux du crime et un gros ralentissement sur la N2 : quand il y a surnombre de véhicules de police en bord de route, les automobilistes se transforment en moutons.

Tout cela aboutit à l'arrivée tardive, à huit heures passées, des enquêteurs de Somerset West et, une heure plus tard, du pathologiste, de l'unité vidéo et de l'équipe scientifique et technique.

À dix heures, le médecin annonce que, selon toute vraisemblance, le décès a été provoqué par un objet contondant, frappant la victime à l'arrière du crâne. En revanche, elle a été assassinée ailleurs. Il semble qu'on l'ait nettoyée avec une quantité excessive de produit décolorant. À l'odeur, il n'arrive pas à l'identifier clairement, mais les taches blanches sur les cheveux et la toison pubienne l'attestent.

Il n'y a aucune trace de ses vêtements ou d'objets lui appartenant. L'ambulance emporte la victime sans nom et sans identité vers la morgue de Soutrivier.

Ce mardi 16 mai.

3

Le mercredi 17 mai, après le salut au drapeau du Groupe criminalité violente chez les Hawks – dont le nom officiel est DPCI, Direction des enquêtes criminelles prioritaires –, le capitaine Benny Griessel enfile le long couloir du deuxième étage pour rencontrer son collègue Vaughn Cupido.

Il a une nouvelle à lui transmettre. Et une faveur à lui demander. Ce sera un processus long, car il connaît bien Vaughn. Cela fait presque une décennie qu'ils travaillent ensemble au quotidien.

Il frappe au chambranle de la porte, ouverte, et entre. Cupido le fixe et lui balance : « Bientôt tu vas passer par ton propre trou du cul. » Griessel a perdu en effet huit kilos depuis qu'il a (une fois de plus) arrêté de boire et s'est mis sérieusement au vélo.

Griessel ne réagit pas, il tire une chaise et s'assied.

« Tout le monde est en train de maigrir, sauf moi », gémit Cupido. Ce n'est pas la stricte vérité. Seuls

Griessel et le colonel Mbali Kaleni, cheffe de l'unité, ont perdu du poids. Mais Cupido se sent coupable, car Desiree Coetzee, la nouvelle femme de sa vie, est un cordon-bleu. Il se rend souvent chez elle, en partie pour renforcer sa position, en partie parce qu'il raffole de sa cuisine.

Griessel laisse éclater sa bombe : « Je vais demander Alexa en mariage.

— *Jissis.* »

Griessel s'attendait à cette réaction, ça ne l'empêche pas de poursuivre. « Faut que je me mette en quête d'une bague, Vaughn. J'ai besoin de tes conseils...

— Permets-moi d'être direct. Tu t'es déjà brûlé les doigts lors d'un premier mariage. »

Griessel opine.

« Et tu es alcoolique.

— Mais sobre depuis cent quarante-sept jours.

— Alexa aussi est alcoolique.

— Mais sobre depuis sept cent soixante-trois jours.

— C'est une femme riche, et toi tu es un capitaine de police dans la merde, financièrement parlant, à cause de l'école de cinéma où est inscrit ton gamin. »

Griessel opine à nouveau.

« C'est une ancienne étoile de la chanson, célèbre, et toi un clampin qui joue de la basse le week-end dans un groupe de vieillards.

— Pas des vieillards, des hommes mûrs...

— Et cependant tu vas lui demander sa main. Tu me dis ça parce que vous vous aimez.

— *Ja.*

— Tu as bien réfléchi.

— Oui. »

Cupido le regarde. Un frisson parcourt son corps, il remue doucement la tête. Il se lève : « Cool. Allons-y. Où allons-nous acheter cette bague ? Chez Sterns, chez American Swiss ?

— Chez Mohammed Faizal.

— Je vois. Tu veux démarrer ta demande en mariage sur de bonnes bases en achetant un objet volé. » Au moment de sortir, il demande : « Love Lips. Il est toujours dans le coin ?

— Il est prêteur sur gages à Goodwood.

— Il n'officiait pas à Maitland, dans le temps ? »

Cupido demeure silencieux tandis qu'ils traversent Bellville par l'avenue Voortrekker. Ils passent par Parow où Griessel a grandi. Benny jette un œil désabusé sur le nombre de marchands de voitures d'occasion qui se font de la concurrence comme des plantes envahissantes. Il songe que rien n'a changé en vingt ans. Et pourtant Parow semble s'être amélioré en une décennie ; plus beau, plus propre, avec plus de vie économique, plus vivant.

C'est curieux, on croit toujours qu'un quartier va péricliter quand on le perd de vue.

« À quoi ça ressemble, Benna ? demande Cupido.

— Quoi ?

— La vie d'homme marié. » Un ton philosophique qui indique qu'il est sérieux à présent, Griessel ne doit pas s'en tirer par une pirouette.

« Je ne suis pas expert en la matière, Vaughn. Je n'ai été marié qu'une fois et je ne suis resté sobre que les sept premières années...

— Mais comment c'était ? Ces années sobres ? »

Griessel réfléchit avant de répondre. « C'était bien. C'était... Et, merde, Vaughn, je me suis marié à vingt-quatre ans – à cet âge tout va bien, on ne voit rien de mal...

— Moi, ça me fout la trouille. Chaque fois que Desiree parle de construire une relation sur le long terme, ou de mariage, mon estomac fait des nœuds. *Jissis*, Benna, je suis célibataire depuis si longtemps, comment je ferais ? Et puis son gosse... Comment devient-on le père de l'enfant d'un autre homme ? C'est ce qu'il recherche, je vois bien qu'il cherche un père, ou au moins une figure paternelle... »

Un long silence s'installe, jusqu'à ce que Cupido reprenne : « Je sais que ce ne sont pas mes oignons, mais pourquoi la demander en mariage maintenant ? Si rien n'est brisé dans votre relation, pourquoi essayer de la figer par un mariage ?

— Parce que ça rendra Alexa heureuse.

— Et toi ?
— Si elle est heureuse, je le suis aussi.
— Alors, c'est de l'amour ? »
Griessel hausse les épaules.

Mohammed Faizal, dit Love Lips, tient une brocante à l'angle des rues Alice et Voortrekker à Goodwood. En grandes lettres noires sur fond jaune clair est affiché le nom de *Cashcade*.

Ils se garent de l'autre côté de la rue et sortent de la voiture.

« Très malin quand il s'agit de ses affaires, note Cupido, tandis qu'ils trottinent sur l'avenue. Les clients habituels n'ont pas la moindre idée qu'il s'agit d'un jeu de mots. »

Des chaises d'occasion sont exposées sur le trottoir, et tout un tas de vélos entassés derrière la porte. Le magasin est enrobé de pénombre, car les meubles s'empilent jusqu'au plafond, chaque espace disponible est bourré de petit mobilier, d'accessoires, d'outils.

Faizal et un acolyte au fond de l'échoppe sont occupés à essayer d'extraire une table de sous un monceau d'objets. Faizal reconnaît Griessel. « Comment ça va, Benny ? » Ses lèvres charnues esquissent un sourire. « Je suis à vous tout de suite, dit-il en indiquant le comptoir près du mur côté ouest.

— OK », fait Griessel. Cupido et lui se dirigent vers le comptoir.

Cupido s'arrête devant une rangée de vieilles caméras 8 mm et de projecteurs.

« Incroyable comme les choses changent. Mon paternel avait une de celles-là. Aujourd'hui un smartphone moyen fait de meilleures vidéos. En l'espace d'une génération, elles passent du statut de dernier cri à celui d'antiquité... »

La porte d'entrée s'assombrit. Ils lèvent le nez. Un jeune homme s'encadre dans l'embrasure, un gros objet plat et carré dans les bras. Il se fige, contemple ébahi les deux enquêteurs. Ses yeux cherchent Faizal, puis se fixent à nouveau sur les deux hommes. Sous l'emprise de la nervosité, il comprend d'un coup – ce sont deux policiers en face de lui.

Griessel et Cupido connaissent cette réaction apeurée depuis leurs premières patrouilles de simples agents – le langage corporel d'un flagrant délit. Instant primal durant lequel personne ne bouge, chasseur et proie face à face, se mesurant, avant que la chasse ne s'enclenche.

Cupido réagit le premier. « Hé ! » dit-il en se dirigeant vers l'homme. Celui-ci laisse tomber le grand objet, plat et carré, qui glisse en travers de la porte. Il se retourne et se met à courir.

« Hé ! » crie Cupido, un ton au-dessus, en se lançant à sa poursuite.

Cupido dans son costume noir anthracite – « ... avec juste un soupçon de rayures blanches, du rétro-classique, mon petit père ; une négociation d'enfer, j'ai un copain qui bosse chez Rex Trueform... » –, acheté quand il était sorti de sa crise de rébellion : il y a quelques mois, il protestait très clairement contre le code vestimentaire édicté par le colonel Mbali. Maintenant il est revenu à son style bambocheur.

Griessel court jusqu'à la porte. Il voit le jeune homme foncer en direction du centre-ville, à contre-courant sur l'avenue Voortrekker. Il aperçoit Cupido, avec ses kilos en trop, son costard chic et ses chaussures pointues, s'élancer courageusement à sa poursuite, mais le fugitif est jeune et véloce. Benny sait qu'il est moins bon sprinter que son collègue.

Il remarque que Cupido est obligé de sauter sur le séparateur central pour éviter une voiture. Griessel ne réfléchit pas, il saisit un VTT Silverback près de la porte, l'enfourche et pédale.

Il franchit le croisement de la rue Alice. Une Volkswagen Golf à pneus larges klaxonne avec véhémence. Griessel prend la voie de gauche. Il actionne les vitesses du vélo qui passent comme dans du beurre, les pans de sa veste – marron, vieille de dix ans, hors mode depuis belle lurette – claquent au vent. Il rattrape d'abord Cupido qui souffle comme un phoque. Il dépasse son collègue au carrefour Goulburn et crie « Je vais le coincer ! ». Il pédale plus vite, heureux du fonctionnement correct de ce VTT, conscient d'être en bonne forme

– Dieu merci, cette poursuite ne s'est pas déroulée six mois plus tôt. Il voit l'homme en fuite disparaître à gauche dans la rue Fitzroy en contrebas. Il aperçoit dans le lointain la Tête de Lion, montagne qui s'encadre parfaitement entre les immeubles de part et d'autre de l'avenue. Il a grandi à Parow, jusqu'à ses dix-huit ans, et ne se souvient pas d'avoir vu la Tête de Lion aussi distinctement de cet endroit. De curieuses pensées lui traversent l'esprit. Il était lycéen la dernière fois qu'il a bombé à vélo sur l'avenue Voortrekker. Il mesure la distance qui le sépare de cette époque, et ça lui fait peur un instant, car tout se télescope. Il songe : Ce grand objet plat et carré que le jeune apportait chez l'usurier est au moins resté sur place, on pourra donc constater ce qu'il est parvenu à voler… C'est donc que Faizal réceptionne des objets volés. Une conversation désagréable s'annonce.

Et puis : Vingt-cinq ans plus tôt, je l'aurais rattrapé le petit gars, j'avais une bonne pointe de vitesse… *Jissis*, ce vélo tourne bien, bien mieux que mon vieux Giant noir et blanc vieux de cinq ans.

Et puis : Putain, ça fait six ans que j'ai divorcé, où va le temps perdu ?

Il change encore de vitesse. Il file comme le vent, freine sec au coin de Fitzroy et comprend que le suspect court en direction de la gare. Il vire à l'angle du magasin Pop-Up Tyres et constate qu'il se rapproche de sa cible.

Mais arrivera-t-il à temps ? La gare de Goodwood est juste devant lui…

Il pédale ferme. Une grand-mère arrose son jardinet. Elle regarde Griessel foncer et hurle « *Aitsa* ! Ça alors ! ».

Le fugitif est arrivé rue de la Gare, il tourne à nouveau à gauche, vers la gare, à peine quarante mètres devant lui.

Griessel prend le virage. Les larmes lui viennent aux yeux à cause du vent, mais il discerne le bâtiment gris. La gare au toit rouge est proprette, repeinte. Les piétons regardent le jeune homme qui galope, puis Griessel. Le suspect file dans l'entrée de la gare, Griessel est presque revenu sur lui. Il lui faut freiner brutalement, la roue arrière émet un bruit aigu. Il jette à terre le vélo et suit l'homme dans les escaliers, jusqu'au quai. Il voit le fugitif passer en courant devant la motrice, juste avant que le train ne démarre. Griessel est contraint d'attendre, hors d'haleine, parmi les passagers qui viennent de descendre.

Il aperçoit le suspect escalader la clôture de l'autre côté de la voie. Griessel est bien trop vieux pour cet exercice. Le jeune homme court derrière le casino GrandWest, il s'arrête un instant, se retourne et – Griessel en est certain – le salue avec politesse et sympathie.

4

Griessel pousse le vélo dans le magasin. Il s'attend à ce que Cupido lui demande sur-le-champ ce qui s'est passé, mais son collègue et Love Lips ne se rendent même pas compte de son retour. Ils sont en pleine discussion très animée.

« Dites-moi comment ? » gémit Faizal à la bouche charnue, une once de désespoir dans la voix. Il est grand, d'une minceur désastreuse, gesticulant avec ses mains anormalement grandes.

« Mais pourquoi donc viennent-ils ici ? demande Cupido sur le mode accusateur.

— Et dites-moi comment je pourrais les tenir à distance ? Vous savez ce qui est inscrit sur le mur ?

— Gens du Cap, venez vendre chez moi les objets volés.

— Très drôle. Qu'est-il écrit sur le mur ?

— Je m'en moque...

— C'est marqué Cashcade. Ça veut dire une cascade

de cash. C'est pourquoi ils m'apportent leurs objets. Pour avoir du fric.

— Tu crois que je ne sais pas ce que signifie Cashcade ! Un nom d'ailleurs beaucoup trop futé pour le client moyen d'un receleur… »

Love Lips remarque enfin Griessel, tout son corps se fait plaidoyer.

« Benny ! Dis à cet homme que ma compta est en ordre. Dis à cet homme que tu es, toi, capitaine des Hawks par la grâce de Dieu, un de mes fidèles clients. Dis-lui…

— Combien demandes-tu pour ce Silverback », demande Griessel en désignant le VTT.

Faizal regarde Cupido dans les yeux :

« Vous voyez ? Vous voyez ? Il est capitaine chez les Hawks, et il ne me harcèle pas avec des histoires d'objets volés, il me demande simplement combien je demande pour ce vélo. Benny, voilà ton Silverback Sesta, le meilleur de sa catégorie, freins à disques, amortisseurs à l'avant et à l'arrière, pour toi, client loyal, douze mille rands.

— Fichtre, dit Griessel.

— C'est négociable, concède Love Lips. C'est toujours négociable.

— Où sont les papiers du vélo ? » Cupido tient à le savoir.

« Dans mon bureau…

— Mohammed est réglo, Vaughn », intervient Griessel.

Cupido émet un grondement du fond de la gorge, sceptique. « Où est donc le paquet que le fuyard a laissé tomber ? »

Faizal défait le papier enveloppant l'objet plat et carré que le jeune homme a lâché à la porte.

Il s'agit d'une toile d'environ un mètre cinquante de côté.

« Zut alors, fait Faizal.

— Ce n'est pas si mal, estime Cupido.

— Il ne s'agit pas de sa qualité, mais du sujet », explique Love Lips en froissant les morceaux de papier brun avant de les jeter. Griessel soulève le tableau et le tourne du bon côté. Ils le détaillent. C'est un nu à l'acrylique, une femme couchée à plat ventre sur un lit, ses pieds levés chaussés de talons aiguilles ; sa chevelure noire descend comme des vagues, voilant légèrement le visage détourné. Un aspect quelque peu amateur, équivoque, même à leurs yeux de béotiens. L'échelle et la perspective clochent vaguement, même si les défauts ne sautent pas immédiatement aux yeux.

« C'est inacceptable pour toi, demande Cupido, ces fesses de femme blanche ?

— Je n'ai pas de problème avec ces fesses, répond Faizal avec grande patience. Il s'agit du bleu. »

Le drap sur lequel est allongée la femme est d'un bleu profond. Le tissu recouvre le lit et le bout des pieds ; il forme un drapé somptueux et respectable autour des seins et domine toutes les autres couleurs du tableau.

« Qu'est-ce qui ne va pas avec ce bleu ? » aimerait savoir Griessel.

Faizal soupire. « Venez voir. » Il se dirige vers le fond du magasin. À voix forte : « Harry, allume-nous les lumières. »

Faizal s'arrête entre un empilement de vieux bureaux de services administratifs et un tas de matelas en mousse sur lequel trônent à la verticale une vingtaine de toiles, plus ou moins carrées, la plupart grandes, quelques-unes plus petites.

Le néon au plafond clignote et s'allume.

« Pourquoi garder ce coin dans l'obscurité ? demande Cupido.

— Des objets d'occasion sous les feux d'un projecteur ! Vous n'êtes clairement pas un expert de la vente au détail, mon frère. » La fraternité, dans la voix de Faizal, demeure distante.

Il s'attend à une réaction de Cupido, mais rien ne vient. Il se tourne vers les tableaux. « Regardez, la première dizaine au moins. » Love Lips retourne lentement les toiles, une par une, comme les feuilles d'un livre. Chacune représente une femme : des vieilles, des jeunes, des Noires, des Blanches, des minces et des replètes, habillées, déshabillées, elles n'ont en commun que deux éléments – une femme seule et cette couleur bleue qui domine tout. Une Xhosa portant un fagot de bois sur la tête ; sa robe et son fichu assorti sont d'un profond bleu marine. Une femme grisonnante qui pose assise sur une chaise qui ressemble presque à un trône, au tissu bleu cobalt. Une Métisse ouvre des grenades à sa table de cuisine ; la nappe est proche du bleu turquoise. Une adolescente blanche appuie sa tête sur le cou d'un cheval ; sa casaque est bleu outremer.

« Ces derniers mois, dit Faizal, ils débarquent chez moi et me serinent : "Tiens, Love Lips, encore la femme dans le bleu."

— La femme dans le bleu ? s'étonne Cupido.

— Texto. La femme dans le bleu. Chaque fois je demande : "Qu'est-ce que vous voulez dire avec cette femme en bleu ?" Alors ils me répètent : "La rumeur dit qu'on peut faire beaucoup d'argent avec la femme sur fond bleu." Chaque fois je leur dis que je ne sais pas de quoi ils parlent. Ils répondent : "C'est un bruit, quelqu'un cherche une peinture classique, un original, pas une photo, mais un original de la femme dans le bleu." Comme si c'était son maudit titre, comprenez-vous ?

— La femme dans le bleu, articule Cupido en savourant ces mots tout en examinant les toiles.

— Texto, affirme Faizal Love Lips.

— Et alors, qu'est-ce que tu fais ?

— J'enregistre chacun comme il vient. Dans les règles. Carte d'identité, attestation de domicile, les œuvres d'art. Tout est dans les dossiers.

— Combien tu donnes pour ces trucs ?

— Cinquante balles, généralement.

— *Jeez.* »

Faizal hausse les épaules. « C'est ce que ça vaut...

— Mohammed, les bagues de fiançailles... » intervient Benny Griessel, car il a expliqué au téléphone ce qu'il cherchait.

Faizal est heureux de changer de sujet. « Oui, Benny, toutes mes félicitations, d'ailleurs, Alexa est une femme remarquable.

— Comment connais-tu Alexa ? demande Cupido.

— Je lis les magazines, mon frère. »

Alexa était une chanteuse célèbre dans les années 1980, avant que le décès de son mari et l'alcool ne détruisent sa carrière. Mais la presse a fait état ces dernières années de son retour prudent sur le devant de la scène par le biais de son label de disques qu'elle gère avec succès.

« Et puis Benny m'a tout raconté quand il est venu vendre son mobilier à l'occasion de leur emménagement ensemble. On se connaît de longue date, le capitaine et moi. »

Cupido opine furtivement.

Faizal indique du pouce le fond du magasin. « Les bagues sont dans le coffre du bureau. Venez donc. » Alors qu'ils lui emboîtent le pas, Faizal poursuit : « Tu sais certainement ce qu'on raconte, Benny, sur les trois bagues d'une relation ?

— Non.

— La première est celle des fiançailles. Vient ensuite la deuxième, l'alliance de mariage. Et finalement, arrive la troisième, celle de la souffrance… »

Love Lips rigole.

« C'est inapproprié, frère, décrète Vaughn Cupido avec désapprobation. On ne dit pas ça à un homme qui est sur le point de se marier.

— Alors j'espère que c'est approprié de parler des quatre conditions », glisse Faizal avec une pointe de sarcasme et un regard en biais vers Cupido. Ils s'asseyent dans son bureau qui, à l'encontre de la pagaille de son magasin, est étonnamment bien rangé. Des rayonnages bon marché en acier contiennent des centaines de tiroirs. Love Lips est fier d'avoir dûment enregistré toutes ses transactions.

Sur le bureau il a sorti quatre plateaux de bijouterie bordés de velours ; les diamants des bagues bien alignées scintillent.

Cupido ne réagit pas à la remarque sarcastique.

« Benny, annonce Faizal, quand il s'agit de choisir un diamant, il faut prendre en considération… » Il lève ses énormes mains et compte sur ses doigts : « La taille, les carats, la couleur et la limpidité. Meilleurs sont tes éléments, meilleur sera le diamant. Et plus il coûtera cher. Certains pèsent des putains de carats, comme celui-ci, très impressionnant, mais dont la couleur et la limpidité sont décevantes, c'est pourquoi il figure sur le plateau à moins de sept mille rands. Ce plateau-ci va de sept à quinze mille rands, celui-là de seize à vingt-cinq mille. Le dernier dépasse les vingt-cinq mille. Par honnêteté, pour une femme comme Alexa Barnard, nous ne voudrions pas considérer une bague en dessous de vingt-cinq mille rands.

— Aïe », gémit Benny Griessel.

« Vingt-deux mille rands, s'exclame Griessel dans la voiture qui les ramène au quartier général des Hawks, rue A.J. West, à Bellville.

— Je te comprends, Benna, compatit Cupido. Mais je continue à penser qu'Alexa se satisferait d'une bague plus petite, ou d'une pierre avec un léger défaut. C'est une femme de grande classe.

— Là n'est pas le problème, Vaughn. Alexa pourrait aussi bien déclarer que nous n'avons pas besoin d'un diamant. Mais je vais te dire quand cette histoire prendra de l'importance. C'est au moment où ses amies verront le bijou. Quand elles viendront tout émoustillées en s'écriant : "Houhou, Alexa, on apprend que tu es fiancée, montre-nous la bague." Tout à l'heure tu voulais savoir ce qu'est l'amour. C'est ça l'amour. Que la femme de ta vie ne soit pas gênée à l'instant où elle doit montrer sa bague.

— Je vois », dit Cupido, songeur. Et au bout d'un moment il ajoute : « Donc, là maintenant, tu es fondamentalement dans la merde.

— C'est vrai. Je n'ai pas la moindre idée d'où je vais pouvoir trouver ces vingt-deux mille rands. »

5

Cela ressemble à l'histoire du chien qui fonce tête baissée après le bus sans savoir ce qu'il fera s'il monte dedans, dira plus tard à ses collègues le sergent Tando Duba, enquêteur de police à Somerset West : on cherche un gros assassinat bien juteux, car cela signifie plus d'attention de la part des supérieurs, qui dit plus d'attention dit meilleure enquête, et s'il s'ensuit une mise en accusation, cela veut dire promotion. Une promotion débouche sur un meilleur salaire, et ça, Dieu le sait, les membres de la police sud-africaine savent toujours quoi en faire. C'est le bus dans lequel cherchent à monter tous les enquêteurs : un gros assassinat bien juteux.

Jusqu'à ce qu'on soit celui qui hérite en premier de l'affaire de la femme assassinée là-haut dans le col, couchée sur un muret. Celle que les journaux ont immédiatement baptisée, en une, « le Cadavre blanchi », parce que ça rime en afrikaans, ou « Bleached body » en anglais pour l'allitération.

Un gros assassinat bien juteux, sans aucun doute. On voit son nom le mercredi matin dans les journaux, et c'est jouissif, car il s'agit d'une première ; de la belle, de la grosse publicité. Le responsable du poste de police vous accorde tout le soutien nécessaire car les projecteurs des médias sont braqués sur Somerset West. Et l'enquêteur en chef de la province du Western Cape – un général – vous appelle en personne pour vous encourager et vous promettre de l'aide. Dès lors, on comprend qu'il s'agit d'un grand bus, d'un gros bus, d'un bus de rêve. Un bus qui peut emmener loin.

Et voilà que tout le mercredi et la nuit suivante passent sans qu'on enregistre le moindre progrès. Que dalle.

Après le flux d'une publicité à couper le souffle, on s'attend à ce que le téléphone sonne pour qu'un quidam donne au Cadavre blanchi un nom, une adresse, une histoire, afin de pouvoir ensuite cerner les motifs du meurtre et identifier les suspects. Mais rien ne vient. On a commandé la description de toutes les personnes manquantes entre Le Cap et Knysna, on a envoyé des demandes d'information, les collègues ont téléphoné, enquêté, mais rien ne tombe. « *Akukho nto eyichayazo* », comme dit à sa femme le sergent Tando Duba en xhosa, sa langue maternelle. C'est-à-dire, rien.

Toutes les cinq minutes, l'officier de liaison vient demander si on a du nouveau. Toutes les cinq minutes, jusqu'à ce qu'on ait le sentiment que les médias ressemblent à une bête en colère, affamée, qui veut dévorer et dévorer encore. On sait qu'on n'a pas d'os à leur donner à ronger, et comme rien n'arrive, on sait qu'on est le suivant sur le menu.

On se sent comme le chien qui est monté dans le bus. Mal à l'aise. Car le gros bus bien dodu ne semble plus prendre la direction Promotion. Il peut tout autant rester bloqué à d'autres arrêts.

Le jeudi matin, on demande à l'officier de liaison de vous lâcher les baskets. Votre supérieur vous appelle. De sa voix douce et sage, il vous dit : « Tando, tu peux considérer les médias comme tes ennemis, mais aussi comme tes amis. Je te conseille de demander à la morgue de Soutrivier d'arranger un chouïa le visage du Cadavre blanchi et d'en prendre une photo. Tu la files aux journaux et aux réseaux sur la Toile qui t'embêtent tellement. Les médias travailleront pour toi. »

On sent alors que le bus est reparti.

« Une bague de fiançailles ? »

La dame de la banque est étonnée.

« Oui », répond Griessel.

Entre eux, le formulaire de demande de prêt.

« Pour vous-même ? »

La question est amicale, mais l'intonation dubitative. Il ne peut pas lui en vouloir. Assis devant elle, son visage affiche ses quarante-sept ans, des traces d'alcoolisme, des décennies de travail pour la police. Ses cheveux sont trop longs, en bataille, de plus en plus gris. Ses yeux que l'on décrit comme « slaves » – il n'a aucune idée de ce que cela signifie –, ses yeux indiquent qu'il a vécu beaucoup d'événements, tragiques pour la plupart.

« Oui, c'est pour moi », dit-il avec une infinie patience. Mais comment agir autrement dans une banque ?

« Vous avez déjà un prêt universitaire en cours... »

Comme s'il ne le savait pas. Son fils Fritz est étudiant à l'AFDA, l'école de cinéma du Cap. Il le ruine, les frais universitaires frisent le délit.

« C'est exact », dit-il. Son courage lui tombe dans les chaussettes.

« Une bague de fiançailles... Ce n'est pas la meilleure garantie pour un prêt... »

Elle laisse sa phrase planer dans l'air, afin qu'il en tire lui-même les conclusions décourageantes.

« Je m'en doute.

— Et puis l'officine où vous souhaitez acheter l'objet... ne fait pas partie de nos commerçants favoris... »

L'officine ! Il se demande ce que Mohammed Faizal, dit Love Lips, dira quand il entendra que son mont-de-piété est qualifié d'officine. Il gesticulera avec ses mains énormes et rigolera.

« C'est votre décision. Mais c'est là que j'irai l'acheter. » Il estime avoir fait son devoir. Chez les bijoutiers traditionnels, il paierait beaucoup plus pour une pierre de cette qualité.

Il se lève. La banque cherche une meilleure solvabilité, un objet qui puisse servir de garantie. Elle cherche une chose qu'il ne possède pas.

La dame semble vouloir poser une autre question, mais finalement elle opine et murmure : « Je vous tiendrai au courant dans les meilleurs délais. »

En regagnant sa voiture, Griessel se demande pourquoi les banques se perdent en détails pour refuser un prêt. Pourquoi ne pas se concentrer sur les raisons qui permettraient de faire confiance ?

Alexa et lui parlent de tout. Surtout depuis que sa psychiatre lui a expliqué que son problème d'alcool est enraciné dans le fait qu'il n'a pas assez parlé avec ses êtres chers, notamment des malheurs auxquels il est confronté dans le cadre de son travail. Mais ce sujet précis, il ne peut pas l'aborder avec elle. Car elle voudrait immédiatement lui donner l'argent. De plus, elle ne comprendra rien à son dilemme. Ses soucis d'argent sont d'un autre ordre, ça a toujours été le cas.

Il a fait une croix sur la banque. Mais comment raisonnent-ils donc ? Cela fait trente ans qu'il est client chez eux et il a toujours tout remboursé. Parfois un peu tardivement, souvent avec difficulté, mais toujours jusqu'au dernier centime. Avec les intérêts. Emprunts pour la maison, la voiture, à titre personnel, pour les études de Karla, les découverts. Au centime près.

Il va falloir qu'elle réfléchisse, la banque, car il ne possède rien de ce qu'elle voudrait.

Jeudi après-midi à 15 h, le sergent Tando Duba fournit des photos numérisées du Cadavre blanchi à l'officier de liaison de la police. Ils décident de n'en donner qu'une seule à la presse – celle qui est la moins repoussante, car il s'agit tout de même de l'image d'une personne décédée il y a quelques jours.

L'officier la transfère immédiatement par courriel aux médias figurant sur sa liste.

Die Son est le premier journal qui l'affiche sur son compte Twitter. Les autres réseaux suivent de près. À 18 h, elle fait l'accroche principale sur Netwerk24, News24 et IOL. *The New Age* ne la sortira qu'à 22 h, en se trompant dans l'énoncé des faits.

À 20 h, la photo devient une sensation macabre et virale sur Twitter, surtout dans la tranche d'âge des quatorze-dix-huit ans.

À 20 h 30, le sergent Duba rentre chez lui, car aucune réaction ne lui est parvenue. Personne ne sait, même vaguement, qui pourrait être le Cadavre blanchi.

La trajectoire du bus redevient incertaine.

Vinnie Adonis est l'un des deux concierges de jour du Cape Grace, l'hôtel de luxe du Waterfront au Cap.

C'est lui qui fait tomber le premier domino dans l'affaire de meurtre dit du Cadavre blanchi. Il a cinquante-huit ans, mais il marche tous les jours de la gare du Cap à son travail. Juste après sept heures, ce 19 mai, au croisement d'Adderley et du boulevard Van Riebeeck, il voit la couverture du *Burger,* au sommet d'une pile sur le trottoir, à côté du vendeur de journaux. Il aperçoit la photo en couleur de cet étrange visage, la peau bleu pâle, les yeux fermés, sous la mention *La connaissez-vous ?*

Oui, répond son cerveau, puis il songe qu'il ne la connaît pas, non. Mais son cerveau insiste. Adonis revient sur ses pas et se plante devant la pile de journaux. Il scrute la couverture.

« Lire en douce, c'est de la piraterie, l'oncle », lance le vendeur de journaux.

Vinnie rit et met la main à la poche. « Combien ?

— Prix spécial pour vous aujourd'hui, l'oncle. Onze rands. »

Il laisse tomber trois pièces de cinq dans la main du garçon.

« Garde la monnaie », dit-il en emportant le journal. Tout en marchant, Vinnie Adonis fixe la photo.

C'est cette Américaine, songe-t-il. M'ame Lewis. M'selle Alicia Lewis. Pas un top model, mais vraiment sympa. On voit parfois des Yankees qui s'essaient trop à se montrer gentils avec les locaux, on a aussi des Yankees condescendants, et puis des Yankees qui se comportent normalement. Elle en faisait partie. Elle est venue lui demander quelques trucs, dimanche. Il pense qu'elle est arrivée dimanche.

Cette femme bleu pâle à la une du *Burger*, c'est Alicia Lewis, pense-t-il.

Vraiment ?

Vinnie Adonis montre le journal à son collègue de l'équipe de jour. « À ton avis, elle ressemble à la M'ame Alicia Lewis de la chambre 202 ?

— Assez…

— Quand est-ce que tu l'as vue pour la dernière fois ?

— Maintenant que tu me le dis… »

Mais ils n'en sont pas certains. Ils apportent le journal au directeur adjoint, qui écoute, réfléchit et les renvoie au directeur. Ce dernier fait venir le chef de la sécurité de l'hôtel. Ils sortent le passeport de Mme Alicia Lewis d'un tiroir et tous les cinq comparent la photo d'identité avec le visage bleu pâle du Cadavre blanchi. Deux d'entre eux trouvent la ressemblance faible, deux autres estiment qu'il s'agit peut-être de la même personne.

Vinnie, lui, en est sûr.

Le chef de la sécurité se propose d'aller chercher les

images prises par les caméras vidéo, car les photos sur les passeports sont trompeuses. Le directeur dit qu'il va entre-temps frapper à la porte de la chambre 202.

C'est à dix heures que tombe le deuxième domino, quand le responsable de jour de l'hôtel Cape Grace appelle le numéro inscrit tout en bas de la dépêche du *Burger* et annonce au sergent Tando Duba qu'ils ont toutes les raisons de supposer que le Cadavre blanchi est celui de Mme Alicia Lewis, une Américaine habitant visiblement Londres, car l'adresse dans leur fichier indique 10 Carol Street, Camden Town, Londres.

« Pourquoi pensez-vous cela ? demande le sergent Duba.

— Parce qu'on a vérifié sur les séquences de vidéosurveillance, par ailleurs un 720p haute définition, et les similitudes entre la photo du journal et les vidéos sont remarquables. Selon ces images, la dernière fois qu'elle a quitté l'hôtel, c'était lundi matin à 9 h 13. Et aussi, selon l'équipe de nettoyage, rien n'a bougé dans sa chambre depuis lundi.

— Merde », souffle doucement le sergent Duba.

Le troisième domino tombe quand le chef de la police de Somerset West appelle le responsable des enquêtes pour la province du Western Cape – le général ! – pour l'informer que le Cadavre blanchi est très probablement une touriste étrangère ; un cas compliqué de surcroît, car il s'agit d'une touriste américaine résidant en Angleterre.

Le général a de la bouteille. Il est sorti du rang et sa capacité à discerner l'avenir est patinée par une longue expérience. Ce qu'il entrevoit dans cette affaire, ce sont des difficultés. Il dit au responsable de Somerset West qu'il est profondément désolé pour le sergent Duba, mais pour le bien de tous, et notamment pour celui de ce jeune enquêteur, il vaut mieux transférer tout de go l'affaire aux Hawks.

Le responsable local pousse un soupir de soulagement étouffé. Car à présent, ce bus est devenu international, il vaut mieux que toute son équipe en descende. Car il n'y a qu'une destination pour un grand bus dodu avec une touriste étrangère comme victime de meurtre.

Ce bus file vers un cirque.

6

12 octobre

Il dérobe un morceau de poisson séché, puis un chapelet de saucisses qui pendouille à côté de la tête d'un énorme porc. Il mange les saucisses crues tout en marchant. Son estomac fait des bonds et proteste, mais il sait qu'il a urgemment besoin de carburant, n'importe quel carburant.

Il évite le regard des clients, garde la tête penchée et quitte le marché par le nord sur l'avenue de Delft.

Il ne se retourne qu'après avoir marché un quart d'heure.

Il ne les aperçoit pas.

Il dévore le poisson salé le long de l'Oude Lee, afin de pouvoir boire de l'eau. Il ne perd pas de temps, avale de grandes gorgées et reprend aussitôt le chemin.

Une heure après le marché de Schiedam, quasiment à mi-chemin de Delft, il se retourne à nouveau, car la circulation est moindre et la route rectiligne. Il les voit. Tous les quatre. Vêtus de noir. Ils sont loin, à peine plus gros que des points. Mais ils le poursuivent depuis si longtemps qu'il reconnaît leurs silhouettes. Leur détermination.

Il pousse un cri de désespoir. D'avoir ôté le chapeau et enfilé une veste sombre n'a donc servi à rien.

Il ne peut plus aller beaucoup plus loin. Il songe à quitter la route, aller se cacher derrière les arbres, mais il sait que le paysage est trop plat, qu'ils l'ont en ligne de mire, qu'ils le verront s'il essaie de couper à travers champ en courant.

Ils vont le rattraper.

Il accélère le pas.

7

Les deux Hawks qui attrapent le bus pour le cirque sont les capitaines Benny Griessel et Vaughn Cupido. Ils entourent le sergent Tando Duba devant le panorama au sommet des montagnes hollando-hottentotes. Le vent du nord-est agace les cheveux de Griessel et la veste de Cupido. Le front froid pousse une faucille de nuages sur la péninsule comme un mauvais présage.

« Pourquoi ? » a demandé Cupido au colonel Mbali Kaleni, la cheffe du Groupe criminalité violente. « Pourquoi héritons-nous toujours des affaires qu'un débutant a me… » Il se reprend car le colonel ne tolère pas le langage vulgaire. « … a bousillées. »

Le colonel Mbali savait qu'il s'attendait à la réponse suivante : parce que vous êtes d'excellents enquêteurs et que vous pouvez tout traiter.

Elle connaît ses hommes. Cupido apprécie les réactions positives et les louanges. Mais cette attitude met Benny Griessel mal à l'aise. Car Benny ne se tient pas en haute estime. Il a besoin d'espace dans l'action, de confiance silencieuse, et peut-être d'un remerciement en privé à l'issue de l'enquête.

« Nous ne savons pas si l'enquête est bâclée, capitaine, a-t-elle répondu.

— Elles sont toujours bousillées. Ces enquêteurs locaux manquent d'entraînement et de cervelle. Ils sont promus trop vite et regorgent de confiance en eux. Et sont en général incompétents.

— *Hhayi !* » a sifflé le colonel en zoulou, et ce mot, comme chacun sait, signifie « non, pas ça », « basta », « arrêtez » et « sortez ».

Ils partent donc pour le col de Sir Lowry, car c'est de là qu'ils devaient reprendre l'affaire, a décidé le colonel Kaleni. Les voilà tous trois aux prises avec un vent mordant. Le sergent Duba montre sur son téléphone portable, son grand Samsung Galaxy Note, les photos du Cadavre blanchi sur le muret.

Duba est plutôt ravi d'avoir en face de lui Benny Griessel et Vaughn Cupido. Quand on est enquêteur dans la province du Western Cape, on sait qu'il s'agit de deux flics légendaires, le doux et l'amer.

« On dit que ça va prendre des semaines pour analyser toutes les données qu'on a prélevées ici, affirme Duba en indiquant l'ensemble du site.

— Je pense qu'on ne trouvera rien du tout », grogne Griessel.

Cupido approuve. « Si on est assez futé pour passer un corps à l'eau de Javel, on ne va pas laisser de traces à l'endroit où on le planque.

— OK, fait Duba, reconnaissant d'apprendre auprès de ses maîtres.

— Tu connais les effets de l'eau de Javel ? » demande Cupido.

Duba les connaît. Il a amélioré ses connaissances en parlant avec l'équipe scientifique et technique. Il veut répondre, mais Cupido le coupe : « L'eau de Javel à usage domestique détruit toute trace d'ADN. En fait, cela fausse beaucoup d'éléments chimiques. Et ça masque les traces de sang...

— C'est pas le cas de tous les produits blanchissants, intervient Duba. L'eau de Javel chlorée rend difficile l'analyse du sang, mais le luminol la permet...

— Écoute, dit Cupido, ce qu'il faut vraiment se demander dans ce cas, c'est pourquoi on a déposé le corps ici même. Pourquoi le meurtrier ne l'a-t-il pas enterré ailleurs ? Ou laissé dans un lieu isolé ? Voilà la première batterie de questions.

— OK.

— Peut-être doit-on aussi se demander comment il a réussi à sortir le corps de son véhicule et à le porter sur le mur sans être vu de la N2.

— Parfois il ne passe pas de voitures pendant plusieurs minutes...

— Cependant, c'est risqué, dit Griessel.

— Tu as déjà transporté le corps d'un mort ? demande Cupido.

— Non. »

Car ce sont habituellement les ambulanciers qui s'en chargent.

« C'est plus lourd qu'on ne croit, poursuit Cupido. Il est donc probable qu'il y avait plus d'une personne dans l'affaire. On s'interroge aussi sur le véhicule. Une berline ordinaire peut poser problème. Trop basse pour éviter de se faire remarquer : une voiture à l'arrêt, coffre ouvert, un gars en train d'en sortir quelque chose qui ressemble à un corps…

— Je vois, dit Duba.

— Il s'agit donc de réfléchir à un gros 4 × 4. Peut-être à un fourgon ou un minibus. Tu feras bien de demander à ton équipe de passer en revue toutes les prises des caméras de la N2 concernant les gros SUV ou les minibus cette nuit-là, avec deux personnes ou plus à l'intérieur, après le coucher du soleil…

— Je n'ai pas assez de monde. » Duba commence à lâcher prise.

« Il ne critique pas ton enquête, intervient Griessel, conscient que Cupido irrite parfois ses interlocuteurs.

— Je suis juste en train de lancer quelques idées en l'air, admet Cupido.

— Nous avons commencé à analyser la circulation,

mais… Plus de six mille cinq cents véhicules sont passés sur cette portion de route cette nuit-là, entre le coucher et le lever du soleil, explique Duba. Les caméras appartiennent à la province, et chercher parmi toutes ces plaques d'immatriculation… Cela prendra des semaines, des mois… »

Cupido regarde avec une plus grande attention le jeune enquêteur xhosa. Il sait que les relations entre la province, gérée par la Democratic Alliance, et la police nationale sont compliquées. Il n'est pas toujours possible d'obtenir une collaboration zélée entre les services.

« Bon boulot », dit-il.

Le sergent Duba ne saisit pas bien ce que suggère l'intonation. Benny Griessel sait que les propos de son collègue sont souvent mal interprétés.

« Il le pense sérieusement, appuie-t-il.

— Oh ! Merci.

— Tu sais que ce genre de téléphone peut prendre feu ? lance Cupido en désignant le Samsung Galaxy Note de Duba.

— Non, seulement les plus récents, la série 7. Le mien est un 6. »

« D'accord, il n'est pas incompétent. Même son dossier tient la route », reconnaît Cupido quand ils reprennent la N2 en direction du Cap. Il feuillette les pages remises par Duba tandis que Griessel conduit.

Cupido étudie le dossier du pathologiste dans la partie B du dossier. Il lit à haute voix : « Sexe féminin, début ou milieu de la quarantaine, aucun signe d'agression sexuelle, aucune blessure défensive... Le corps complètement lavé à l'eau de Javel... Rien sous les ongles, pas de résidu de tir d'arme à feu... Traumatisme crânien consécutif à un coup brutal, l'os occipital en miettes... » Et comme il peut se figurer le geste, comme il sait que les enquêteurs ne peuvent pas retenir les noms et l'emplacement de toutes les parties du corps, il se touche l'arrière du crâne, juste au-dessus du cou. « C'est cet os, là derrière... » « La cause du décès, probablement instantané, est un traumatisme sévère du cervelet. Plaie causée par un coup unique d'une force substantielle. La plaie a été entièrement lavée à l'eau de Javel. Pas de résidu suppurant, pas d'éclats, pas de microparticules. L'arme est probablement un cylindre métallique d'un diamètre approximatif de cinq centimètres. »

Cupido se tourne vers Griessel.

« Un coup unique, Benna. Une force substantielle.

— Un grand costaud.

— Aucune rage ni panique. Pas d'acharnement. De l'efficacité pure. »

Ils savent tous deux que ce genre de plaie unique survient souvent en cas d'urgence, lors d'accidents domestiques ou de la circulation, car dans les affaires de meurtre, on trouve généralement une multiplicité de coups – des traces de lutte ; un assassin en colère, paniqué, désespéré a tendance à frapper, à suriner, à tirer plusieurs fois.

« Heure du décès ? » demande Griessel.

Cupido cherche dans le rapport. « Lundi après-midi probablement. »

Griessel soupire. Car cela signifie que le crime remonte à quatre-vingt-seize heures. La sagesse conventionnelle veut que les vingt-sept premières heures soient décisives au cours d'une enquête. Ils ont déjà un gros handicap, qui ne cessera certainement pas de se creuser.

Dans le bureau du directeur de jour de l'hôtel Cape Grace, les enquêteurs scrutent les captures d'écran de la caméra de surveillance et les photos du Cadavre blanchi. Ils constatent les similitudes, mais ne sont pas totalement convaincus.

« C'est elle, affirme le concierge Vinnie Adonis. M'ame Alicia Lewis.

— Pourquoi en êtes-vous certain, l'oncle ? » Cupido se fait toujours respectueux en face d'un Métis plus âgé que lui, un col blanc avec une situation légale et imposante.

« Je l'ai aidée dimanche, au comptoir, et je l'ai aussi aidée lundi matin. Je suis celui qui a eu le plus de contacts avec elle.

— Dites-moi, l'oncle, vous pourriez aller l'identifier à la morgue ?

— S'il le faut.

— Merci, l'oncle. Maintenant, pourriez-vous nous raconter en détail tout ce que vous savez sur M'ame Alicia Lewis ? Tout ce dont vous vous souvenez.

— OK. Elle est arrivée à l'hôtel dimanche après-midi, en provenance de Londres. Dimanche, c'était le 14. Je le sais, car elle est venue me demander des trucs autour de cinq heures, elle m'a dit que le temps était splendide ici chez nous, la veille à Londres, il avait tellement plu. Alors j'ai dit M'ame Lewis, vous n'avez pas l'air d'une lady anglaise. Elle a ri et m'a confié qu'elle venait en réalité des États-Unis, mais ça fait un bail qu'elle vivait à Londres.

— Quel genre de trucs vous a-t-elle demandés, l'oncle ?

— Elle voulait savoir la meilleure façon d'aller à Villiersdorp. Ça sonnait un peu bizarre, sa façon de prononcer ce nom, au début je n'ai pas compris. Villy-is-dô'p qu'elle disait avec son accent américain. Je lui ai demandé de me l'écrire. Ah ! Villiersdorp, j'ai dit. Oui qu'elle me répond. Je dois m'y rendre lundi. Faut-il prendre un Uber, un taxi ou louer une petite voiture ? Quel est le moyen le plus sûr ?

— Elle devait ? demande Griessel.

— Pardon ?

— A-t-elle dit qu'elle devait se rendre à Villiersdorp ? »

Adonis hésite, fronce les sourcils et articule : « En voilà une bonne question. Il est possible qu'elle ait dit qu'elle voulait y aller, je ne peux pas m'en souvenir avec certitude.

— Qu'allait-elle faire à Villiersdorp ? L'a-t-elle dit ? veut savoir Cupido.

— Non.

— OK, l'oncle, et alors ?

— Alors j'ai dit que tous ces moyens étaient également sûrs. Un taxi ou un Uber, ça pouvait être vachement cher pour aller jusqu'à Villiersdorp, mais au moins, elle n'avait pas à s'inquiéter de rouler du mauvais côté ou de se perdre. Alors, elle a rigolé, elle a dit que Google Maps était son navigateur attitré. Elle était vraiment très gentille. Tous les Yankees ne sont pas agréables, mais elle était très gentille. Elle a dit qu'elle allait rester deux semaines chez nous, ça vaudrait le coup de louer une petite voiture, pouvais-je l'aider dans cette démarche ? Pas de problème, j'ai dit, quelle catégorie d'auto vous cherchez ? Une voiture livrée à l'hôtel, moyennant un supplément, ou prendre un taxi pour se rendre chez Avis ? Qu'on me livre une voiture de catégorie standard demain matin, disons à neuf heures. D'accord, j'ai dit et j'ai arrangé tout ça avec elle. Et alors, lundi matin, elle est revenue à mon comptoir juste avant neuf heures. Elle, moi et le petit gars d'Avis, on a rempli les papiers. Et alors, à 9 h 13, selon la caméra de vidéosurveillance, elle est sortie d'ici avec les clés de la voiture Avis, une petite voiture du groupe E, une Toyota Corolla gris métallisé automatique. Une voiture bien ennuyeuse dans la région, mais que peut-on y faire... ? »

Griessel aimerait filer au plus vite demander le numéro d'immatriculation de l'auto, mais la porte s'ouvre et le directeur de jour passe la tête : « Nous avons peut-être quelque chose pour vous... »

Ils le regardent, interrogatifs. « C'est difficile de parler avec tout le personnel, parce qu'ils sont au taquet. Nous avons donc de courtes réunions pendant les pauses. Nous avons une serveuse qui travaille au Signal qui vient de nous dire que M'ame Lewis a pris son petit déjeuner avec un homme lundi matin.

— Le Signal ?

— Notre restaurant.

— Nous aimerions lui parler.

— Bien sûr, elle vous attend.

— Existe-t-il une séquence vidéo de Mme Lewis avec cet homme ? demande Griessel.

— Nous nous y mettons sur-le-champ, répond le directeur.

— Merci beaucoup.

— De rien. Écoutez, je... Je suis sûr que vous vous

en doutez, mais nous avons le numéro fixe de M'ame Lewis. Son domicile à Londres, je veux dire. Il figure sur la réservation.

— Nous ne pouvons pas appeler ce numéro avant d'avoir identifié le corps, intervient Cupido.

— Bien sûr, bien sûr. »

8

Griessel se rend seul avec le directeur dans la salle de vidéosurveillance, car Cupido et Vinnie Adonis sont partis à la morgue publique de Soutrivier.

La serveuse, une jeune Xhosa, les y attend. « Il me semblait que c'était son grand-père, raconte-t-elle pendant qu'on prépare la rediffusion des images sur l'écran.

— L'homme avec qui elle a pris le petit déjeuner ?

— *Ewe.* Il était vieux, il marchait comme ça… » Elle baisse sa main incurvée pour indiquer qu'il était petit et courbé.

Le chef de la sécurité manipule la vidéo du porche, revient en arrière deux fois moins vite que la normale, jusqu'à ce que la serveuse s'écrie : « C'est lui ! » Cela prend un bout de temps pour immobiliser la meilleure image sur l'écran.

« Vous voyez, dit-elle. *Utatomkhulu* : un petit papy. »

Griessel opine. L'homme semble avoir dépassé soixante-quinze ans, de petite taille, il a le dos courbé et le pas raide d'une personne âgée, mais plein de vaillance, de vivacité, d'assurance. Une chevelure encore abondante, coupée court, toute blanche et soigneusement peignée en arrière. Le nez proéminent. Dans sa main droite un porte-document brun de cuir souple, un feutre gris à la main gauche. Il porte avec élégance veste, chemise blanche et cravate.

« Vous êtes absolument certaine qu'il a pris son petit déjeuner avec M'ame Lewis ?

— *Ewe*. Tout à fait certaine. Elle a commandé une omelette fromage-champignons, et lui, le menu santé : muesli, fruits et yogourt. Elle était gentille. Il était… blanc. »

Griessel demande au chef de la sécurité à quelle heure le vieil homme est entré dans l'hôtel.

« 7 h 50.

— Pouvons-nous voir quand il l'a quitté ?

— Certainement. »

Il demande à la serveuse si elle a pu entendre ce que se disaient Mme Lewis et son hôte.

« Non, mais il lui a donné un livre.

— Quel genre de livre ?

— Je ne l'ai pas vu. Il a sorti le livre de sa petite valise, il a écrit quelque chose dedans et le lui a tendu. »

Cupido ne suit pas la procédure habituelle pour l'identification des morts à la morgue de Soutrivier, car Vinnie Adonis n'est pas un proche parent d'Alicia Lewis.

Pour gagner du temps, il emmène directement à la chambre froide le concierge quelque peu tendu. Il s'excuse pour le désagrément, l'odeur étrange, et l'avertit : « Ça peut devenir une expérience bizarre, l'oncle », et il indique au fonctionnaire de service de tirer le tiroir, puis d'enlever le drap.

Vinnie contemple le corps avec une curiosité funèbre et le souci sincère de bien l'identifier. Il se rapproche, se penche, le fixe, puis il se sent mal.

« Le seau est là-bas », dit l'employé du ton ennuyé d'une information de routine.

Adonis s'approche du seau, mais parvient à éviter de vomir. Il lève ses yeux larmoyants vers Cupido. « C'est elle, articule-t-il d'une voix rauque.

— Vous en êtes certain, l'oncle ?

— Sûr et certain, à mort. »

Vaughn sort son téléphone pour appeler Benny.

Dans le bureau du directeur de l'hôtel, il est presque cinq heures quand Benny Griessel tape le numéro de téléphone du domicile d'Alicia Lewis à Londres.

Il ne songe pas au fait que c'est lui qui doit annoncer le décès. Ça lui est arrivé de nombreuses fois au cours de sa carrière – depuis le jeune agent qu'il était dans les quartiers nord et qui délivrait les vendredis soir la nouvelle d'un accident de moto aux mères et aux épouses, jusqu'au Hawk qu'il est devenu, le plus sollicité de son unité pour le faire à l'issue d'un meurtre. « Tu as de la gravité, Benna, de la gravité », répétait Cupido en lui refilant le bébé.

Ce n'est pas de la gravité, c'est de l'expérience. Bien trop d'expérience.

La sonnerie résonne dans une maison qu'il n'arrive pas à se figurer, quatre, cinq, six fois avant qu'une voix légèrement essoufflée lui réponde.

« Hello ?

— Bonjour, dit Griessel en se rendant compte qu'il n'a aucune idée de l'heure en Angleterre. À qui ai-je l'honneur ?

— Tracy Williams à l'appareil.

— Madame, êtes-vous liée à Mme Alicia Lewis ?

— Mlle Lewis. Non, pourquoi me demandez-vous cela ?

— C'est bien sa résidence ?

— Oui. Qui êtes-vous ?

— Je m'appelle Benny Griessel, capitaine de la police sud-africaine. Je vous appelle du Cap.

— Mon Dieu… Alicia va-t-elle bien ?

— Puis-je vous demander quel est votre lien avec Mlle Lewis ?

— Je garde juste sa maison. Je… je suis étudiante, je… Va-t-elle bien ?

— Madame, je suis désolé, vraiment très désolé de vous dire que Mlle Lewis est décédée lundi. »

Il parle d'un ton doux, car il sait que ces mots-là changent la vie à jamais. Pas de gravité. L'expérience tout simplement.

Ça lui prend près de cinq minutes pour calmer Tracy Williams, là-bas dans une maison de Londres, afin qu'il puisse poser ses questions.

Cela fait deux ans qu'elle garde la maison de Mlle Lewis quand celle-ci quitte la ville pour des vacances ou un week-end. Alicia Lewis, quarante-trois ans, ne s'est jamais mariée et n'a pas d'enfants. Pas de liaison amoureuse ces dernières années. Elle a une mère et une sœur quelque part en Amérique. À Long Island ou ce genre-là…

Peut-elle obtenir leurs coordonnées ?

Elle va essayer…

Un employeur pourrait-il les connaître ?

Oui. Une société d'art graphique, Restore, doit les avoir encore. Lewis a démissionné de chez eux il y a un mois environ – elle y est restée près de vingt ans.

Griessel demande à Tracy Williams si elle a le numéro de cette entreprise.

Elle ne l'a pas, mais il peut aller regarder sur son site, restore.art.co.uk, à la rubrique « Contactez-nous ».

Enfin il lui demande : « Quelle heure est-il actuellement à Londres ? »

Griessel est encore au téléphone avec l'ancien employeur d'Alicia Lewis, en train de prendre des notes dans son calepin, quand Cupido revient. Vaughn apporte leurs mallettes contenant le kit de scène de crime, une dans chaque main. Il dépose celle de Griessel et ressort. Benny en déduit qu'il va commencer à examiner la chambre d'Alicia Lewis.

Le second appel enfin terminé, il prend sa mallette et part à la recherche du directeur pour le remercier d'avoir pu téléphoner à l'étranger aux frais de l'hôtel. Il se dirige ensuite vers la chambre 202.

Cupido a tendu le ruban « scène de crime » devant la porte ouverte. Sa mallette – comme celle de Griessel, une grosse sacoche noire – se trouve dans le couloir, le rabat relevé. Bien repliés et entassés à côté, son long manteau d'hiver et sa veste.

Griessel jette un coup d'œil par la porte. Cupido est agenouillé, en train de regarder sous le lit double. La grande valise de la victime est posée sur le matelas. Cupido a enfilé des surchaussures bleues de salle d'opération et des gants transparents en latex.

« Me voici, signale Griessel.

— La PSCI est en chemin. » Cupido se réfère à l'unité d'élite de la province en charge des enquêtes sur les scènes de crime, qui fait souvent des recherches forensiques pour les Hawks.

« OK. » Griessel dépose lui aussi sa mallette le long du mur, ôte sa veste et la place à côté. Il en sort les surchaussures et les gants, les enfile. Il se glisse ensuite sous la rubalise et pénètre dans la grande chambre d'hôtel.

« J'ai appelé chez elle à Londres. Elle n'a pas de famille proche, ne s'est jamais mariée. Une mère et une sœur en Amérique. Je les appellerai – j'attends qu'on me fournisse leurs numéros de téléphone. Mlle Lewis vivait seule. Une fille... une étudiante qui garde sa maison dit qu'elle est venue au Cap pour des vacances. Alicia Lewis travaillait pour une boîte du nom de Restore. On m'a expliqué qu'elle a démissionné fin mars pour prendre une année ou deux de congé sabbatique...

— Il y a six semaines, donc. » Cupido s'est redressé, il a ouvert la valise.

« Oui...

— Un congé sabbatique ?

— Oui, elle... »

Cupido renifle. « Congé sabbatique. Je ne sais même pas ce que ça veut dire. Imagine un policier disant je suis un peu fatigué, je me prends un bon petit congé sabbatique. Ou bien un de mes frères métis : Ouais, mon pote, je quitte un moment mon boulot de peintre en bâtiment et je pars à l'île Maurice... Y a que des Blancs riches qui puissent balancer ce mot afin que d'autres Blancs riches ne s'imaginent pas que ce sont des flemmards... »

Griessel sait que ça ne sert à rien d'interrompre Cupido quand il crache de la fumée. Cela lui arrive souvent et Benny suppose que l'exercice a des effets thérapeutiques sur son collègue. C'est drôle, le plus souvent. Surtout le fait qu'il ne considère pas Griessel comme « blanc ». Ils s'en sont expliqués. « La couleur, a dit Cupido, ne s'applique qu'aux Blancs qui n'ont jamais souffert. T'as pas de couleur, Benna. »

Griessel n'est pas totalement certain de ce que Cupido considère comme de la souffrance. L'addiction à l'alcool, vraisemblablement. Il attend que son collègue ait fini, et reprend : « Elle travaillait dans les arts plastiques. Grande spécialiste, dit-on, des trucs anciens. On a déniché une femme qui a travaillé avec elle, sa meilleure amie. On va lui demander de nous appeler. Pour l'instant, elle se balade quelque part en Europe… » Il veut ensuite savoir : « Qu'est-ce que tu as déjà fait ?

— J'ai pris des photos de toute la chambre et du contenu de la penderie. » Les enquêteurs se servent de leur portable pour ce faire, quand ils arrivent les premiers sur les lieux. « C'est là derrière, près de la salle de bains, cela ressemble plus à un cabinet tout encastré. Il s'agit d'un hôtel grandiose, Benna. Ça doit coûter un bras. Il y a ses vêtements, ses chaussures, un ordinateur portable sur l'étagère du haut, qu'elle cachait pour ainsi dire sous ses sous-vêtements…

— Elle a peut-être simplement pensé qu'on pourrait le lui voler. »

Cupido opine. « J'ai appelé Zézaie – il va rester au bureau jusqu'à ce qu'on lui apporte l'ordi. »

Le sergent Reginald « Zézaie » Davids est le génie technologique des Hawks, affecté à leur Centre de gestion des informations, dit aussi IMC. « Jusqu'à présent, je n'ai pas trouvé de passeport, poursuit Cupido, ni de téléphone portable, ni de chargeur… »

Ils devaient se trouver dans son sac à main, pense Griessel, car sur les images de vidéosurveillance on a pu constater qu'elle portait un sac relativement grand à l'épaule, en quittant l'hôtel.

« La voiture de location, nous avons le… » Son téléphone sonne.

Il le sort de sa poche, voit qu'il s'agit du capitaine John Cloete, leur officier de liaison avec les médias. Cela signifie que ceux-ci ont déjà appris que la DPCI a repris l'affaire.

Il ne répond pas, il le rappellera plus tard. « Cloete, lâche-t-il quand Cupido lui lance un regard interrogatif.

— Les vautours commencent à tourner en cercle », commente son collègue.

9

Griessel se met à examiner la chambre. Elle est vaste et luxueuse. Côté nord, les rideaux tirés donnent sur un faux balcon, avec vue sur l'eau, les yachts et les appartements pour millionnaires du Waterfront de l'autre côté du quai. Deux fauteuils flanquent une table basse, le bureau et la chaise sont de style classique. Un énorme lit double – le service de couverture a été fait avec soin –, deux tables de chevet, un grand écran plat.

« Une femme très ordonnée, juge Cupido. Il n'y a que du linge sale dans son bagage… » Il referme la valise turquoise et la replace dans la grande armoire intégrée où il l'a trouvée.

« Je me charge de la salle de bains », dit Griessel en s'éloignant.

Une baignoire, une douche, deux lavabos, de beaux accessoires très chers. Des serviettes immaculées, grandes et petites. La trousse de toilette de Mlle Lewis est posée entre les deux lavabos. Maquillage, dentifrice et brosse à dents en ont été sortis et rangés à côté des savonnettes, du shampoing et du gel de douche offerts par l'hôtel.

Il inspecte le contenu de la trousse de toilette, mais ne trouve rien de particulier. Il quitte la salle de bains.

Cupido referme une table de chevet. « Rien d'intéressant, à part l'ordi.

— Toc-toc », dit une voix à la porte. Ils reconnaissent celle de Jimmy, le grand maigre de la PSCI.

« Qui est là ? » demande son collègue Arnold – le gros court sur pattes – volontairement fort pour qu'on l'entende. Ils sont connus comme le Long et le Large, comme ce jeu de mots éculé qu'ils répètent à l'envi : En Long et en Large, la PSCI vous soutient.

« Peton, lance Jimmy.

— Peton quoi ? surenchérit Arnold.

— Peton aider ces pauvres Hawks ? Ils sont désorientés. »

Et les voilà qui éclatent de rire, comme s'il s'agissait de la blague de l'année.

À sept heures, Griessel a John Cloete au bout du fil.

« Qu'est-ce que tu peux me raconter sur le Cadavre blanchi ?

— Le Cadavre blanchi ?

— C'est comme ça que les médias l'appellent.

— John, il s'agit d'une citoyenne américaine. »

Cloete soupire. Cela signifie encore plus de

sensationnalisme, d'hystérie. Des difficultés. « Et quoi d'autre ?

— Elle est arrivée dimanche, en touriste, nous recherchons sa voiture de location, dit Griessel en lui fournissant le numéro d'immatriculation. "Toute personne ayant des informations"... histoire habituelle...

— C'est tout ?

— C'est tout ce que je te donne pour l'instant. »

À 19 h 27, Griessel et Cupido foncent à travers la drache, la première tempête de l'hiver. En chemin vers Bellville, Benny appelle Alexa.

« Nous allons rentrer tard.

— Que s'est-il passé ? demande-t-elle avec son habituelle sollicitude.

— C'est l'affaire du Cadavre blanchi.

— C'est ce que j'ai pensé. On a dit à la radio que vous en aviez hérité. Tu as une piste ?

— Rien encore.

— Je te prépare quelque chose pour ce soir ? »

Alexa Barnard est une remarquable femme d'affaires et une chanteuse toujours brillante. Mais pas un cordon-bleu. Elle n'a aucun sens de la cuisine. Elle s'y met souvent quand elle prend des appels ou répond à des courriels, ce qui fait qu'elle oublie ensuite ce qu'il y a déjà dans la casserole. De surcroît, son goût est sujet à caution. Elle goûtera prudemment un curry ou une soupe, les déclarera « parfaits », mais une fois servis, elle s'exclamera, les sourcils froncés : « À présent, il y a quelque chose qui cloche. Tu le sens aussi ? »

C'est pourquoi Benny répond tout de go : « Non merci, on va manger un morceau en chemin. »

Il raccroche. Cupido demande : « Elle ne sait toujours rien des fiançailles ?

— Non.

— La banque t'a donné une réponse ?

— Ils réfléchissent encore.

— C'est peut-être bon signe, Benna. »

Griessel rit. « Tu as tout simplement peur que Desiree apprenne que nous sommes fiancés et te presse d'exprimer tes intentions.

— C'est sacrément exact, lâche Cupido. Et ça me fout les jetons. »

Zézaie Davids les attend dans le grand bâtiment de l'IMC.

Il est petit, de constitution fragile, son visage est celui d'un lycéen surmonté d'une énorme coiffure afro. Il était jadis affligé d'un zézaiement que la chirurgie a réparé, mais son surnom lui colle à la peau.

Cupido lui remet l'Apple MacBook Pro d'Alicia Lewis, sur la surface argentée duquel la poudre répandue par les experts pour prendre les empreintes digitales est encore visible.

« Viens voir papa », dit Zézaie qui cherche déjà la prise adéquate dans sa boîte de fils et de câbles.

Cupido et Griessel vont s'asseoir de part et d'autre de la longue table. Comme d'habitude, chacun a réfléchi à l'affaire durant le trajet, chacun est prêt à tester ses hypothèses. Griessel sait que Cupido va ouvrir le bal.

« OK. Soyons directs. Je m'appelle Alicia Lewis, j'ai quarante ans et des poussières...

— Quarante-trois.

— Quarante-trois ans. J'ai travaillé vingt ans dans le secteur de l'art, plus ou moins, et j'étais très futée, car je ne me suis pas mariée... » Il jette un regard plein de sous-entendus à Griessel qui l'ignore. « ... J'ai donc mis beaucoup de sous de côté et je m'offre un congé sabbatique...

— Sabba-quoi ? s'exclame Zézaie Davids.

— Amen, mon frère, mais faut pas interrompre les grandes personnes quand elles parlent.

— Grandes personnes, mon cul, maugrée Davids.

— D'accord. Je prends un congé sabbatique, et qu'est-ce que je fais... ?

— Je traînasse un mois à Londres pendant que je prépare mes premières vacances..., avance Griessel.

— Exact. Et de tous les coins du monde à ma disposition, je choisis cette bonne vieille République d'Afrique du Sud, plus précisément Le Cap. Logique, car c'est la ville la plus spectaculaire dans le plus impressionnant des pays de la planète. Jusque-là, ça se tient. »

Griessel approuve.

« Et la première chose que je fais après être arrivée à l'hôtel, c'est de m'enquérir auprès du concierge de la façon de me rendre à Villiersdorp.

— Villiersdorp ! » murmure Zézaie Davids, les yeux rivés sur le MacBook, mais les oreilles manifestement ouvertes.

« Silence, sergent, dit Cupido, mais c'est exactement le nœud du problème. Pourquoi Villiersdorp ? Avec le plus grand respect pour les bonnes gens de Villiersdorp, ce n'est pas la première destination qui me viendrait à l'esprit si j'étais une Yankee traînassant à Londres. Je me goure, Benna ?

— Non, c'est aussi ma première grande question. Son employeur et la jeune dame qui garde sa maison pensent que c'est la toute première fois qu'elle se rendait en Afrique du Sud.

— Et mon premier rendez-vous d'affaires, c'est un petit déjeuner avec un grand-père. Suivi d'une première excursion à Villiersdorp, justement. Curieux.

— Ouais.

— Le grand-père de qui ? demande Davids. Et maintenant une mauvaise nouvelle. La tantine employait un mot de passe sur son identifiant. Ça va me prendre un peu plus de temps.

— Le grand-père est une sorte de vieil oncle blanc. Mlle Alicia Lewis a pris son petit déj cinq étoiles avec lui, le matin suivant son arrivée au Cap.

— *Aitsa*. Ah, dis donc. Il a passé la nuit à l'hôtel ? demande Davids.

— Non, espèce de pervers. Il est arrivé au matin, impeccable et pimpant.

— Mais on peut en déduire qu'elle avait rendez-vous avec lui. Elle le connaissait donc, intervient Griessel.

— De toute évidence, approuve Zézaie Davids.

— Cela signifie qu'elle n'a pas choisi notre beau Cap pour son site magnifique, sergent. Cela veut dire qu'elle n'avait pas que des objectifs touristiques, ou un plan B.

— Pas forcément, tempère Griessel. Le papy est peut-être un vieil ami, lui aussi branché sur les arts plastiques.

— C'est vrai. Mais pourquoi prendre le petit déjeuner avec lui dès le lundi matin, au tout début d'un agréable séjour de deux semaines, juste avant de partir pour Villiersdorp et n'en jamais revenir ?

— C'est bien la question, approuve Griessel.

— Et c'est pourquoi le sergent Lambineux doit nous ouvrir son petit ordinateur.

— Vous ai-je jamais fait défaut ? »

Le portable de Griessel sonne. Il note qu'il s'agit de Jimmy, chez les scientifiques. Il répond : « Jimmy ?

— Je dis, mon cher ami, pourrais-je parler au capitaine Ghrizel ? demande Jimmy avec une espèce d'accent british.

— Elle était américaine, Jimmy. Londres, elle n'y faisait que travailler. » Il instille la plus grande patience dans sa voix, car avec le Long et le Large, c'est la seule approche qui fonctionne.

« Oh, répond Jimmy légèrement déçu. Nous voulions simplement faire savoir qu'il n'y a pas grand-chose d'utilisable. Pas de sang, pas de sperme. On va devoir prendre les empreintes des femmes de ménage demain matin avant de certifier qu'il y avait des empreintes non identifiées.

— Merci, Jimmy.

— Pâhssez tous une bonne nouit », lance Jimmy avec un accent américain exagéré.

Zézaie Davids se laisse aller contre le dossier de sa chaise, plonge ses doigts dans sa tignasse et dit : « Ça y est, le mot de passe est décodé. Qu'est-ce que vous voulez sortir de ce bébé ? »

10

« Nous voulons savoir pourquoi elle est venue au Cap. Pourquoi elle voulait se rendre à Villiersdorp… explique Griessel. Toute indication…

— Le truc habituel. Vérifier ses courriels, son compte Facebook, son agenda…, ajoute Cupido.

— Je pige, capitaine, je pige…

— Elle n'a pas… Cette histoire de vacances… Ce qui m'ennuie le plus, c'est le coup de l'eau de Javel, hasarde Griessel.

— Je sais, dit Cupido. C'est quelque peu contradictoire.

— Un mot bien curieux pour un policier, estime Davids tout en manipulant l'écran du MacBook. Pourquoi cette eau de Javel serait-elle contradictoire ?

— Tu as combien de litres de Javel dans ta voiture, Zézaie ?

— Aucun.

— Exactement.

— Je ne vous suis pas.

— Voilà une nana qui débarque de son Angleterre, et le premier truc qu'elle fait, c'est de louer une voiture pour se rendre dans un petit village sans importance à cent kilomètres du Cap…

— Supposons-nous…, corrige Griessel.

— Ou du moins, elle prend cette direction. Elle croise le chemin d'un gars qui trimballe une cargaison d'eau de Javel et qui veut la tuer ? Est-ce une véritable coïncidence ?

— Il a pu d'abord la prendre en otage, puis acheter la Javel par la suite, intervient Zézaie.

— C'est le nœud du problème, dit Griessel. Ça ne colle pas.

— Voilà pourquoi, suppute Cupido, nous avons affaire à un meurtrier sacrément organisé. Ce genre de trucs… OK, ça se retrouve souvent chez les tueurs en série, mais considérons, si vous voulez, les faits de ce cas spécifique ; la façon dont il a présenté le cadavre, comme un étalage de vitrine, bien disposé. Ça sent le travail d'un serial killer. Nous ne disons pas que ç'en est un, mais nous pensons qu'il y a…

— Matière à réflexion, complète Griessel.

— Tu l'as dit. Dans ce domaine, on a des tueurs organisés, des tueurs mal organisés et d'autres entre les deux. Mais ce gars-là : un coup, un seul coup pour la tuer, proprement, avec efficacité. Du travail de pro.

Très organisé. Prudent lavage du corps à l'eau de Javel. Très intelligent, très organisé. Il emporte ses vêtements, son sac à main, sa voiture, son téléphone portable, tout, et il va les jeter au loin. Futé. Organisé. Avec maintes précautions, il va mettre le corps en évidence sur un petit mur d'un coin très fréquenté. Un endroit où il sait qu'on la retrouvera facilement. C'est ce qu'il cherche. Très organisé, une fois de plus.

— Pas le genre de type qui l'aurait assassinée sur l'impulsion du moment, puis se serait mis en quête de Javel, souligne Griessel.

— Contradictoire, conclut Cupido.

— Ça part dans tous les sens, dit Zézaie Davids. J'ai l'impression que vous n'avez pas grand-chose. »

Griessel opine. « C'est vrai. C'est pourquoi nous devons savoir quels étaient ses plans ce lundi. Et qui était au courant.

— Je vais faire ce que je peux, dit le sergent Zézaie Davids, mais ça va prendre un bail. Elle n'a configuré aucune adresse dans son logiciel de messagerie. Ce qui veut dire qu'elle envoyait ses courriels dans son navigateur. La question : sur quel réseau ? Avec quel mot de passe… ? »

Ils laissent Davids poursuivre son travail. Ils se rendent dans le bureau de Griessel afin de diffuser à tous les postes de police la note sur la voiture de location disparue, et pour mettre à jour le dossier de cette affaire.

À 22 h 48, le portable de Griessel sonne. Cela vient de l'étranger. Griessel dit à Cupido : « Je pense que c'est son amie. »

Il répond en anglais : « Ici le capitaine Griessel.

— Je m'appelle Carol Coutts. » La voix résonne d'un fort accent écossais, chargée d'émotion. « Et Alicia Lewis était ma meilleure amie. »

Carol Coutts lui donne l'impression d'une femme solide. Il lui demande d'abord s'il peut la rappeler. « Non merci », répond-elle, ajoutant avec un léger tremblement dans la voix : « Je voudrais savoir comment elle est morte. » Avec autant de tact que possible, Griessel lui trace les grandes lignes de ce qu'ils savent. Elle ne pleure pas tout de suite et demande : « Avez-vous des suspects ? » Puis : « Avez-vous des pistes ? »

Elle ne pleure pas non plus quand elle répond aux questions de Griessel. Elle lui explique qu'Alicia Lewis était une femme très intelligente, titulaire d'un master à l'université d'État de l'Arizona en art classique et antique, qu'elle a obtenu par la suite un diplôme de troisième cycle en droit en Grande-Bretagne. « Elle a travaillé sept ans comme gestionnaire au recouvrement au Registre des œuvres d'art perdues à Londres…

— Désolé, je ne sais pas ce qu'est… ce Registre ?

— C'est une organisation internationale... En fait, il s'agit de la plus grande base de données privées pour les œuvres d'art perdues ou volées dans le monde. Si l'on vole une œuvre, le Registre permettra de la retrouver et essaiera de la récupérer. Elle travaillait pour la partie recouvrement, elle était très efficace. C'est pourquoi Restore l'a recrutée...

— C'est là que vous avez travaillé ensemble ? Pour cette société Restore ?

— Oui, plus de dix ans.

— De quoi s'occupe Restore ?

— Cela ressemble à... Eh bien ! Pour être honnête, nous sommes en compétition directe avec le Registre des œuvres d'art perdues, comme plusieurs autres sociétés. Nous avons notre propre base de données, et nous offrons une gamme complète de services dans tous les secteurs du recouvrement d'objets d'art ou de collection qui sont perdus ou volés...

— Madame, cela peut paraître une question stupide, mais j'ai besoin de comprendre : comment peut-on "perdre" une œuvre d'art de valeur ?

— C'est une question pertinente. Il y a... Par exemple, des milliers de familles ont perdu des milliards de dollars pendant la Seconde Guerre mondiale, à cause des nazis ou des déplacements de population... Il y a les catastrophes naturelles, le vol d'œuvres d'art, les rançonneurs... tant de façons de perdre des œuvres.

— Et Restore les retrouve ?

— Eh bien ! Nous essayons de le faire, mais cela va plus loin que ça. Nous aidons nos clients à rechercher, par exemple, leur titre de propriété légal, à résoudre les litiges, nous les conseillons sur les revendications éventuelles. Et puis nous offrons aussi des services de recouvrement, c'est dans ce secteur qu'Alicia et moi travaillions.

— De quoi s'occupait-elle exactement ? »

Griessel sait comment fonctionnent les disparitions inattendues et le chagrin, comme ils peuvent libérer différents souvenirs. Il n'est pas surpris de l'entendre sangloter à cet instant-là. Il attend patiemment avant de dire « Je suis désolé ». Il la laisse pleurer et s'interroge sur la forte envie qu'il éprouve soudain de lui tendre la main et de la consoler.

Elle finit par lui raconter qu'Alicia Lewis et elle-même pilotaient le protocole pour retrouver les œuvres perdues ou volées – ainsi que d'autres objets de collection de grande valeur. Cela signifie qu'elle menait un entretien préalable avec le client, et ensuite enclenchait les actions nécessaires – contact avec les assureurs et les hommes de loi, parfois avec des enquêteurs privés, avec des personnes ou des instances ayant eu ces œuvres en leur possession, avec les musées et les spécialistes capables d'en attester l'authenticité – afin de retracer l'objet, de s'assurer que la revendication du client est recevable, et enfin de faire valoir ses droits. « Tout se résume dans notre titre. Nous sommes des managers de recouvrement, en insistant sur le mot *manager*.

— Avait-elle des contacts en Afrique du Sud ?

— Je… peut-être. Je ne… » Il entend bien qu'elle se sent mal à nouveau.

« Voulez-vous que je vous appelle demain, madame ?

— Non… Je suis désolée… Je n'ai entendu parler d'aucun dossier particulier en tout cas… Voulez-vous dire des contacts professionnels ? Si elle avait une connaissance professionnelle en Afrique du Sud ?

— Ou même une connaissance personnelle. Vous a-t-elle jamais parlé d'une personne en Afrique du Sud, au Cap, qu'elle connaissait, ou qu'elle aurait voulu voir ?

— Je… Non… Je suis désolée…

— A-t-elle parlé de prendre des vacances là-bas ? »

Un silence se fait sur la ligne, il entend son interlocutrice respirer à dix mille kilomètres de là. « Vous savez, capitaine, elle ne m'en a jamais rien dit. Nous étions… J'ai presque cinquante ans, je ne suis ni naïve ni par trop sentimentale. Je pense que je suis réaliste en matière d'amitié… de toute relation, même. Quand donc je vous dis que nous étions les meilleures amies du monde, je n'exagère pas. C'était une amitié tellement… confortable. Comme une vieille robe, aimions-nous plaisanter, agréable, chaude, douce, familière quand on en avait besoin, mais sans problème si on la suspendait un moment dans l'armoire. Sans exigences, sans attentes, juste une amitié... facile. Elle a toujours été célibataire, tandis que cela fait treize ans que je suis divorcée. Nous avions par ailleurs d'autres amis et d'autres centres d'intérêt, mais cette dernière décennie, nous nous voyions presque tous les jours ouvrables. Nous déjeunions ensemble deux ou trois fois par semaine, et par-dessus tout, je crois que nous n'avions aucun secret l'une pour l'autre. Nous parlions absolument de tout. Je dis bien de *tout.* J'ai toujours pensé que le plus précieux dans notre amitié, c'était la confiance. Et puis, fin février... En fait, pour être honnête, ça a commencé avant... Je... En janvier quelque chose a changé. Je ne sais pas quoi, c'est juste... Elle était... Je sais que ça paraît ridicule, mais c'est comme si elle regardait ailleurs, comme si ses yeux visaient... une sorte d'horizon, un ciel différent. Je n'ai pas trop réagi à l'époque, vous savez, je me suis dit qu'elle avait rencontré quelqu'un, ou peut-être... nous passons tous par des phases différentes et je... Et puis un jour, fin février, elle est entrée dans mon bureau, s'est assise et m'a dit : "Carol, j'en ai assez. Je vais démissionner." Comme ça, de but en blanc. Je n'avais rien soupçonné. Il ne m'était pas venu à l'idée qu'elle était... qu'elle en avait assez, selon ses mots. Jamais auparavant elle ne m'avait fait part de son mécontentement, j'ai toujours supposé qu'elle adorait son travail. Quoi qu'il en soit, je me suis sentie un peu trahie, ce manque de confiance... Je me sens encore dans le même état d'esprit. Parce qu'au cours de notre dernier brunch ensemble un samedi, elle m'a dit qu'elle songeait à partir un bout de temps. Je lui ai demandé où, elle a répondu probablement en Espagne, elle n'avait pas encore fait son choix. Mais elle n'a pas dit un mot sur l'Afrique du Sud. »

Griessel part à 23 h 30, direction Brownlow Street à Tamboerskloof. Il grimpe l'escalier le plus doucement possible, prend sa douche dans la seconde salle d'eau pour ne pas déranger Alexa.

Il n'arrive pas à s'enlever Alicia Lewis du crâne.

Dans la pièce froide, au moment où il s'apprête à entrer dans la douche, son portable sonne, indiquant qu'on a laissé un message. C'est Zézaie Davids : *Gmail, pas de connexion automatique. Ça va prendre du temps. Je vais zzzz.*

Il dépose l'appareil, entre dans le bac et tourne les robinets. Ses pensées dégoulinent en même temps que l'eau. Il se représente la mort d'Alicia. Un coup terrible derrière la tête. Elle passe en un instant de vie à trépas. Tous ses secrets, ses nouveaux horizons partent avec elle pour l'éternité.

Un coup terrible derrière la tête.

Il faut avoir de l'espace pour asséner un tel coup de gourdin. Elle devait être à l'arrêt, son attention fixée ailleurs, car ce n'était pas une attaque de face, elle ne s'y attendait pas.

Pourquoi ?

Il sort de la douche, se sèche. Il éteint toutes les lumières, se dirige vers le lit, s'y glisse en écoutant la pluie marteler le toit. Le corps d'Alexa est chaud, ses bras accueillants, elle se colle à lui et soupire d'aise. « T'aime », dit-elle dans son sommeil.

C'est pourquoi il veut l'épouser, pense-t-il. Ce retour à la maison. Elle est son chez lui.

Mais comment explique-t-on ça à Vaughn Cupido ?

11

Samedi à 6 h 24, il fait encore nuit. Il n'y a presque pas de circulation sur la N1. Griessel se rend au travail. Son portable sonne, il ne reconnaît pas le numéro. Il répond.

« Capitaine, ici le sergent Duba à Somerset West.

— Bonjour sergent.

— Bonjour capitaine. Je viens de recevoir un appel du professeur Wilke. Il vient d'entendre à la radio que vous aviez identifié le Cadavre blanchi. Il dit qu'il a pris le petit déjeuner avec elle lundi matin. Il a retrouvé un article en ligne de mercredi, celui qui communique mes coordonnées, et m'a donc appelé. Je peux vous envoyer son numéro de téléphone par texto ? »

Griessel appelle le professeur depuis sa voiture.

« Allô, ici le professeur Wilke », dit une voix d'homme. Griessel se demande pourquoi c'est tellement important, pour certaines personnes, d'avoir un titre et de l'annoncer. Il emploie le sien très rarement, seulement s'il s'agit d'une conversation administrative – et que c'est nécessaire.

Cette fois-ci, il l'utilise à dessein. « Ici le capitaine Benny Griessel. » Il demande au professeur où il se trouve, car son collègue et lui veulent venir l'entendre au sujet de sa rencontre avec Alicia Lewis.

« J'habite à Schonenberg, ici à Somerset West. Mais voilà, mon problème c'est que je ne sais pas si j'ai le droit de parler, je veux dire de vous parler de tous les sujets que Mlle Lewis et moi avons abordés. Il faut que je m'en assure. »

Griessel essaie de relier cette voix haute, légèrement enrouée, à la petite silhouette décidée qu'il a vue sur les écrans de surveillance de l'hôtel. Ça le fait sourire. Curieux pépé. Du genre à hérisser Vaughn Cupido.

« Comment ça ?

— J'ai signé un contrat, Benny, répond le professeur comme s'ils étaient de vieux amis. C'est une question d'honneur. »

Il ne souffle rien des manières du professeur à son collègue. Ils arrivent après sept heures à Somerset West, le soleil n'est pas encore levé, les montagnes noires derrière Gordon's Bay se découpent sur l'horizon qui se colore. Arrivés à la résidence pour retraités de Schonenberg, ils doivent s'arrêter devant une barrière et signer un registre. Le gardien explique qu'il va vite appeler « le prof » pour vérifier s'ils ont rendez-vous.

« On est les Hawks, mon frère, on n'a pas besoin de rendez-vous, lâche Cupido.

— Comprends-moi, mon frère, je ne fais que mon boulot. » C'est un langage que Cupido comprend. Il hoche la tête, le gardien téléphone, lève la barrière et leur indique le chemin. Ils pénètrent dans la résidence. Elle est constituée de rangées de petites maisons proprettes au toit noir, murs jaune pâle et jardins bien entretenus. Deux femmes avancent dans la brume de l'aube d'un pas vigoureux, appuyé par un balancement des bras exagéré et déterminé.

Griessel s'arrête devant la maison de Wilke et descend de voiture. La porte s'ouvre et le petit bonhomme apparaît, habillé en professeur, veste de tweed brun, chemise blanche, cravate gris-bleu, les cheveux très blancs encore mouillés mais soigneusement peignés.

« Messieurs, bonjour, bonjour, bonjour. » Il tend la main à Cupido qui est le plus proche de lui. « Je suis le professeur Marius Wilke, ravi, ravi de vous rencontrer. » Il fait encore plus petit, plus affairé, plus déterminé que sur la vidéo, une vraie caricature avec son grand nez, sa voix haut perchée et la jovialité qui émane de lui, ses yeux pétillants, sa joie de vivre.

Il serre la main des enquêteurs avec enthousiasme. Il répète leur nom et leur grade plusieurs fois, probablement pour les fixer dans sa mémoire, et les invite à entrer. « Du café ? J'ai mis une cafetière en route – du café filtre, du bon café –, qu'en dites-vous ? »

La cuisine est ouverte sur la salle à manger et le salon. Des étagères, remplies à ras bord de livres et les nombreuses fenêtres se conjuguent pour rendre l'ensemble agréable, à la fois simple et solennel.

Ils passent commande, il approuve, il continue de parler dans la cuisine américaine et de s'activer autour des boissons. Il raconte le choc qu'il a reçu ce matin même quand la radio a annoncé aux informations que le Cadavre blanchi était celui d'Alicia Lewis. Il écoute tous les jours la radio très tôt, car quand on vieillit, on dort moins. Il se réveille avant le jour et attend le bulletin de 6 h. Et voilà que tombe l'histoire du corps retrouvé là-haut à Sir Lowry, l'eau de Javel, c'est inattendu, totalement inattendu que la personne assassinée, la victime, soit une connaissance. Pauvre, pauvre femme. J'ai pris le petit déjeuner lundi avec elle, un moment si agréable, elle est – pardon, elle était – ah, une dame bien plus charmante que dans ses courriels ou ses appels téléphoniques...

Le professeur sort du coin-cuisine avec un plateau de mazagrans fumants et un ravier plein de biscuits. « Servez-vous, servez-vous, mon vieux Benny, je peux vous appeler Benny ? J'ai joint mon avocat tout de suite après vous avoir parlé, à propos de la clause de confidentialité, il m'a dit que je pouvais m'entretenir avec vous, car il s'agit tout de même d'une enquête criminelle. J'ai appelé aussitôt, car j'ai vu à la télévision dans les émissions sur la délinquance que les vingt-sept premières heures étaient cruciales pour vous, n'est-ce pas ?

— Quelle clause de confidentialité ? demande Cupido.

— Vaughn, mon jeune ami, c'est une histoire très intéressante. Très intéressante… »

Marius Wilke se lève d'un bond et se dirige vers une étagère.

« Vous voyez, durant toute ma vie professionnelle, j'étais un historien à l'université… » Il désigne vaguement la direction de Stellenbosch. « Au département d'histoire, naturellement… » Il sort quatre gros livres de l'étagère et les tend à Cupido. « C'est le travail de ma vie, indépendamment des articles universitaires évidemment, c'est le travail de ma vie, l'histoire du Cap, en gros de 1600 à 1900, c'était le travail de ma vie, ma passion, quatre livres, traduits en sept langues, publiés dans dix pays. »

Cupido prend les livres, lit les titres et les passe à Griessel. « Mais quand je suis parti à la retraite, il y a sept ans déjà, peut-on le croire, je vais avoir soixante-treize ans… » – le professeur va s'asseoir en face d'eux – « … j'ai commencé des recherches sur l'histoire de la famille Wilke, des recherches approfondies, mes jeunes amis, car j'ai tout le bagage pour ce faire. Vous savez comment vont les choses, on en parle autour de soi, et d'autres gens disent qu'ils veulent aussi entreprendre des recherches dans les registres de leurs ancêtres, mais ils n'en ont ni le temps ni l'expérience. Alors on dit, je vais vous aider, vu que j'aime bien fouiner dans les archives, et on se retrouve avec un business, car les gens paient pour ces recherches, on acquiert une bonne réputation et l'affaire prend de l'ampleur. Et comme on est un professeur, comme on a publié, qu'on a une œuvre, qu'on est un peu connu, les gens vous font confiance, ils ont trouvé Monsieur Je-sais-tout. Quand on leur dit qu'on a déniché leur registre de famille, ils le croient. Mon petit-fils m'a fabriqué un site web, l'affaire prospère, mon vieux Vaughn, vous n'allez pas croire comme je suis occupé depuis ma retraite, mais aussi ça m'a rapporté pas mal d'argent, j'ai pu choisir, c'est une sorte de privilège, de décider quels projets on veut traiter… »

Le professeur reprend sa respiration et boit une gorgée de café. Griessel et Cupido ne pipent plus mot, car ils ne veulent pas briser le rythme du bonhomme. Il y a quelque chose d'irrésistible dans cette voix rauque, ce nez, ces yeux pétillants dans ce corps presque enfantin qui produit de l'énergie, comme une dynamo.

« On y arrive, on y arrive, s'exclame Marius Wilke,

en juillet l'année passée, je reçois un courriel sur mon site. Vous ai-je dit qu'il s'agit de www.yourheritage.co.za ? C'est le nom de mon site, vous pouvez y jeter un œil, c'est mon petit-fils qui l'a conçu. Je reçois donc un courriel d'Alicia Lewis. Elle veut savoir si je suis l'auteur de *Good Hope, 1488-1806*. Il s'agit de la traduction en anglais de mon troisième livre. Je réponds sur-le-champ en effet, en effet, alors elle me demande si je fais des recherches en indépendant. En effet, en effet, je réponds. Elle m'envoie alors le contrat… et en tout premier lieu figure… Attendez que je vous la montre, le contrat est sur mon bureau, la clause de confidentialité… » Il bondit à nouveau, tel un diable en veste de tweed qui jaillirait de sa boîte, et disparaît dans le couloir.

« Donald Duck », murmure Vaughn Cupido, très amusé. Griessel a envie d'éclater de rire car cette comparaison lui va comme un gant – la voix, le nez, la démarche chancelante, fanfaronne, déterminée, un coq nain, une caricature de canard. Mais papy est déjà de retour et Benny ravale son rire. Le professeur dépose le contrat sur la table basse.

Alicia Lewis, raconte-t-il, lui a d'abord fait signer ce texte, ce qui l'a rendu bien sûr très curieux, qui ne serait pas curieux, mon vieux Vaughn, quand on annonce un grand secret ? « Je veux dire, je suis historien, ma grande occupation consiste à mettre des secrets au jour, c'est ma passion. »

Il a donc signé la clause, et puis elle l'a appelé personnellement, ici, dans sa maison à lui : « Professeur, j'aimerais que vous compulsiez les archives du Cap pour trouver mention d'un tableau de Carel Fabritius… »

Le professeur prononce Carel Fabritius comme un annonceur avant un combat de boxe, sachant qu'il va recevoir une énorme salve d'applaudissements.

Le silence qui s'ensuit est un instant gênant. Les enquêteurs ne réagissent pas, car ils n'ont jamais entendu parler de Fabritius.

« Qui ? demande Cupido.

— Fabritius, dit le professeur, légèrement déçu.

— Nous ne savons pas de qui il s'agit, reconnaît Griessel.

— *Le Chardonneret* ? » insiste Wilke encore plein d'espoir.

Ils secouent la tête.

« Donna Tartt ? » murmure le professeur, dont le ton suggère qu'il s'attend à leur réaction.

Leurs visages indiquent que ce nom ne leur dit rien.

« Vous avez déjà entendu parler de Rembrandt ?

— Naturellement. » La mine de Cupido s'éclaire. « Tout le monde connaît Rembrandt.

— Eh bien ! Carel Fabritius était un de ses élèves. À vrai dire, c'est le seul de ses élèves à avoir développé un style propre. Si vous me posez la question, je vous dirais que c'était le meilleur des élèves de Rembrandt.

— Il est donc mort ?

— Oui, bien sûr…

— OK, prof, ne tournons pas autour du pot, tranche Cupido. Pourquoi ce qu'elle vous a demandé est-il si important ?

— Eh bien, d'abord parce qu'il ne reste qu'une poignée de tableaux de Fabritius dans le monde, et qu'il y aurait la possibilité d'en trouver un autre en Afrique du Sud. C'est déjà phénoménal en soi. Mais il y a plus, bien plus. Je me suis plongé dans les archives. Et j'en ai trouvé mention. Une source fiable, très fiable, faisait référence à une œuvre de Fabritius, ici au Cap. »

12

« Cool, fait Cupido, et à qui appartient le tableau ?
— À Gysbert van Reenen.
— Vous auriez son adresse ? »

Cupido sort son calepin de sa veste, prêt à noter.

Marius Wilke éclate d'un rire bruyant, et cela rappelle tellement le cancanement d'un canard que Griessel et Cupido ne peuvent s'empêcher de rire en chœur.

« J'ai une adresse, dit Wilke en reprenant ses esprits. Papenboom, à Newlands. Il n'y a qu'un problème, vous avez deux siècles et demi de retard. »

Ils l'interrogent du regard.

« Il existe une mention d'une peinture de Fabritius qui remonte à 1788. Elle émane de Louis-Michel Thibault. »

Ils froncent les sourcils.

« C'est à lui que se réfère la place Thibault au Cap…
— Ah ah, commente Benny Griessel.
— D'accord, approuve Vaughn Cupido.

— Thibault était un architecte influent, un homme merveilleux, c'est lui qui a… Vous connaissez Groot Constantia et ses exquises façades ? »

Les enquêteurs opinent.

« Eh bien ! On pense qu'il s'agit de l'œuvre de Thibault… Un homme très intéressant. Un Français, hautement cultivé, savant, courageux aussi. Il était soldat quand il a débarqué au Cap, en 1783, mais bon, mais bon, vous n'êtes pas venus pour écouter une conférence, n'est-ce pas ? La chose importante, c'est qu'Alicia Lewis m'a demandé de rechercher la moindre mention d'un éventuel tableau de Fabritius, et j'ai pensé, quelle perte de temps. Mais elle payait en livres sterling, et avec le taux de change, on ne dit pas non à ce genre de proposition. Et voilà que, pour de vrai, je la trouve. 1788. Thibault, qui a conçu et réalisé la maison de Gysbert van Reenen à Papenboom, dans le quartier de Newlands, Thibault écrit dans son journal qu'il a participé à la pendaison de crémaillère, et qu'il a vu au mur une toile splendide, signée C. Fabritius, année 1654. Peut-on croire ça ! Un Fabritius au Cap ! C'est phénoménal. »

Les enquêteurs hochent la tête, mais rien de délirant.

Griessel consulte son bloc-notes : « 1788 ?

— Oui, dit Wilke encore sous le coup de son enthousiasme.

— Prof, c'est de ça que vous avez parlé lundi matin

au petit déjeuner ? D'une chose vieille de plusieurs siècles mentionnée dans le journal d'une personne décédée depuis longtemps ? s'étonne Cupido.

— Entre autres. Ah ! Nous avons eu une conversation tellement agréable. C'était une femme fascinante, intelligente. Je lui ai finalement donné un de mes livres que j'avais sur moi, un exemplaire signé. C'était après tout une très bonne relation d'affaires...

— Vous n'avez rien abordé d'autre ? demande Griessel.

— À vrai dire, si. Je voulais savoir si elle était capable de retrouver la trace de cette toile, si elle avait fait des recherches d'après les noms que je lui avais fournis...

— Quels noms ?

— C'est le cœur du problème, mon vieux Benny, le cœur du problème. Dans son journal, Thibault note qu'en 1788, l'œuvre appartenait depuis quelques générations à la famille van Reenen. Plus de cent ans déjà. Le vieux van Reenen lui avait expliqué que le tableau se transmettait de fils aîné en fils aîné. Je l'ai écrit dans le rapport destiné à Alicia Lewis. Elle m'a fait savoir qu'il me fallait immédiatement commencer l'arbre généalogique de cette famille. Je devais essayer de retracer tous les descendants de Gysbert van Reenen. Pourquoi voulait-elle que je le fasse, mon vieux Vaughn ? Pourquoi ? Parce qu'elle voulait savoir où se trouve à présent le tableau, j'en suis certain.

— Et qui le possède aujourd'hui ? »

Cupido est impatient car il estime que Donald Duck aurait pu aborder le sujet bien plus tôt.

« Je ne sais pas, répond le professeur Wilke. Le problème, c'est que la transmission par le fils aîné n'est pas toujours chose aisée. Le fils aîné meurt parfois avant ses parents, il n'y a pas toujours des garçons dans la lignée paternelle, beaucoup de bâtons peuvent se mettre dans les roues. Je lui ai fourni neuf noms de personnes vivantes, toutes des descendants directs du vieux Gysbert, qui ont pu potentiellement hériter du tableau. Si personne ne l'a vendu entre-temps, bien sûr.

— Et alors ?

— Elle m'a chaleureusement remercié et m'a payé. Et puis je lui ai dit que si jamais elle venait en Afrique du Sud, elle devait me le faire savoir, j'aimerais lui donner un livre, dédicacé naturellement, car elle avait été de loin ma meilleure cliente, et n'avait pas rechigné à me payer. Je n'ai plus entendu parler d'elle pendant des mois, et voilà que la semaine dernière je reçois un courriel. Elle m'invite à partager un petit déjeuner dans cet hôtel merveilleux.

— Et là elle vous dit qui possède le tableau ? »

Le visage du professeur s'assombrit. « Non. Une grande déception pour moi. Elle m'a dit qu'il lui semblait que la toile… avait été perdue.

— C'est tout ? demande Cupido après un instant.

— Eh bien, nous avons eu une conversation très plaisante sur l'art et l'histoire. C'est une femme très intelligente qui a beaucoup lu et beaucoup voyagé, hautement cultivée. Hautement cultivée.

— Et alors ?

— Alors je suis rentré chez moi et je me suis remis au travail. Et voilà que ce matin, j'entends à la radio qu'elle est morte. »

Ils digèrent l'information non sans une nette déception.

« Lundi, vous a-t-elle dit où elle voulait se rendre ? Qui elle voulait voir ?

— Non. Rien dont je me souvienne. Elle a dit qu'elle souhaitait simplement découvrir Le Cap, et que grâce à mon livre, ç'allait être une expérience unique.

— A-t-elle dit quoi que ce soit sur Villiersdorp ?

— Villiersdorp ?

— Exactement. »

Le professeur réfléchit un instant. « Non, rien du tout…

— A-t-elle évoqué d'autres rendez-vous ? Des gens qu'elle connaîtrait en Afrique du Sud ?

— Non. Rien. »

Griessel se lève à regret, car il avait espéré en apprendre plus. Une idée lui vient à l'esprit : « Parmi les noms, les neuf noms que vous lui avez donnés… y avait-il une personne vivant à Villiersdorp ?

— Mon vieux Benny, non, vous ne m'avez pas bien compris. Elle m'a simplement demandé les noms, les noms complets, et si je pouvais l'obtenir, le numéro de leur carte d'identité. Je n'ai pas… Je ne suis pas spécialisé dans la recherche de personnes, avec leur adresse et ce genre de choses. Je ne conduis même plus aujourd'hui…

— Dans tous les cas, pouvons-nous avoir les noms ? »

Le professeur prend le document sur la table basse et le remet à Griessel.

« Tout est là-dedans. Le contrat, la clause de confidentialité, les noms. Je peux vous retrouver aussi les sources de mes recherches, bien sûr. »

Griessel s'empare du dossier. Cupido se lève à son tour.

« Prof, un tableau de Fabritius, vous l'estimeriez à combien ?

— Fabritius ?

— En personne.

— C'est précisément la question que je lui ai posée. Alicia Lewis m'a répondu que ça dépendait naturellement de son état de conservation. Et aussi, s'il existait vraiment, de son authenticité. C'est finalement impossible d'en estimer la valeur, une œuvre “sans prix”, c'est le mot qu'elle a employé. Je lui ai demandé, si un tableau de ce genre était mis aux enchères chez Christie's, ça pourrait atteindre quelle somme ? Elle a répondu au moins cinquante millions.

— Hé bé ! fait Griessel.
— De dollars, précise le professeur.
— Ça me troue la paillasse, lâche Cupido.
— Mais ça pourrait approcher les cent millions.
— *Jissis !* » sifflent Griessel et Cupido en même temps.

Le professeur les raccompagne jusqu'à leur voiture.
« Vous allez attraper les gens qui l'ont tuée… ? »
Il désigne la direction du col et des montagnes.
« Nous ferons de notre mieux, professeur.
— Bouclez ça vite, mon vieux Benny, vite. Avant que l'on exfiltre le tableau à l'étranger. »

Ils retournent au bureau en silence, en prenant d'abord la N2, puis la R300, concentrés sur les nouvelles informations qu'ils viennent d'obtenir.
Résigné, Griessel finit par lâcher : « Quel monde bizarre…
— Tu l'as dit. Cent millions de dollars !
— Cela fait vingt-cinq ans que je suis dans la police sud-africaine, et je n'arrive pas à récolter vingt-deux mille rands pour une bague de fiançailles, même en vendant ma basse et mon ampli. Et il y a des gens capables de débourser des millions pour un tableau…
— Une image, Benna. Ce tableau n'est qu'une image. Quelques coups de pinceau et des petits pots de peinture. D'un Hollandais mort depuis longtemps.

— Cent millions de dollars.

— Un milliard et demi de rands. C'est tout simplement obscène. » Et Cupido ajoute avec une pointe d'inquiétude : « Tu ne vas quand même pas faire ça, Benna ?

— Quoi ça ?

— Vendre ta guitare.

— Non, je ne peux pas me le permettre, car je ne pourrais plus empocher les mille deux cents rands que je me fais avec le groupe les week-ends. J'ai calculé que si j'arrive à économiser ça, je pourrais payer la bague cash dans cinq mois... »

Cupido soupire profondément. La vie est très injuste.

13

Ils quittent l'autoroute par la sortie Strand. La circulation du samedi matin s'est réveillée. Les parkings des magasins d'usine d'Access City sont déjà pleins à craquer. Arrivés au cimetière de Stikland, Griessel murmure : « Il y a une chose qui continue de me tracasser...

— Quoi donc ? »

Griessel prend un moment pour mettre de l'ordre dans ses idées.

« Jadis, quand j'étais à l'unité Meurtres et Vols, une de mes premières affaires... Cela fait presque vingt ans, le bureau se trouvait encore à Bellville Sud, le corps d'un escroc nommé Volmink a été retrouvé à l'hôtel President de Parow, lardé de trois ou quatre coups de couteau. C'est la toute première fois que j'ai entendu parler de l'arnaque "à la carte de pirate" – une carte ancienne indiquant l'emplacement d'un trésor considérable... »

Cupido connaît le genre. Il opine : « Avec une croix pile poil sur l'endroit...

— C’est ça. Volmink en avait conçu une variante – il avait répandu la légende d’un vieux vaisseau anglais qui s’était échoué sur la côte ouest, avec plein d’or à bord. Il avait convaincu un éleveur de cochons de Kraaifontein qu’il en était le légataire, et qu’il fallait financer une “expédition” pour aller le repêcher. Mais au bar de l’hôtel President, il s’est mis à picoler, à trop parler, et l’un de ses compagnons de beuverie a cru lui aussi à l’authenticité de la carte, et a frappé dans la nuit à la porte de sa chambre, armé d’un surin…

— Tu crois que cette histoire du professeur Donald Duck est une arnaque à la carte de pirate ?

— Moi… Non… Mais ça y ressemble, Vaughn. Cent millions de dollars ? Ça ne colle pas. Pour un petit tableau d’un gus dont je n’ai jamais entendu parler ? Cette coïncidence… Qu’a dit le prof Duck ? Il ne reste qu’une poignée de ses œuvres dans le monde. Quelles sont les chances qu’il s’en trouve une en Afrique du Sud ? Je veux dire…

— Je te suis… Penses-tu que notre Donald soit dans la combine ?

— Non. Mais à l’époque de l’affaire Volmink… Les escrocs parlaient en un premier temps d’un “travail de fondation” quand ils posaient la base de l’arnaque, en assuraient la crédibilité. Lors d’une vente aux enchères, Volmink avait acheté une véritable carte ancienne. Vraiment vieille, c’était la base de son travail de fondation, car un escroc agit mieux quand il dispose d'un document véridique. Alicia Lewis a peut-être sollicité les services de prof Duck pour obtenir une sorte de crédibilité, sans qu'il sache ce qu'elle avait en tête. Il devait lui fournir quelque chose qui s'était vraiment passé. Elle avait peut-être connaissance de la mention historique, et aurait simplement voulu une caution scientifique... Je ne sais pas. »

Griessel est en proie au doute, tout à coup.

« Benna, tu pourrais être sur une bonne piste, dit Cupido. Cette dame travaille pour une société de recouvrement d'œuvres d'art réputée, elle voit passer tous les jours les prix fous que l'on paie pour ces petites images. Elle se figure que ces gens pleins aux as sont tous très crédules, impatients, elle lance la légende d'un tableau à cent millions de dollars...

— Et là, quelqu'un se met à croire qu'il existe pour de bon...

— Exactement...

— Mais si l'on croit que cette œuvre est bien réelle et si l'on croit que Mlle Lewis sait où elle se trouve : pourquoi, alors, la tuer d'un puissant coup de gourdin et laisser son corps sur un muret au col de Sir Lowry... ?

— Merde. »

Ils décident de rappeler Carol Coutts à Londres pour l'interroger subtilement sur une éventuelle arnaque. Ils sont assis dans le bureau de Griessel, ils écoutent tous deux la conversation. Elle répond, encore ensommeillée de toute évidence. Griessel se rend compte qu'il a une fois de plus oublié de penser au décalage horaire. Il se confond en excuses, ce n'est pas grave, dit-elle, car d'habitude elle se réveille beaucoup plus tôt. La nouvelle du décès de son amie a perturbé son sommeil.

Griessel lui présente Cupido au téléphone. Il lui annonce ensuite qu'ils disposent d'informations nouvelles et qu'ils aimeraient avoir son avis. Mais ils ne souhaitent pas l'en entretenir si ce n'est pas le bon moment.

Non, affirme-t-elle. Elle a envie de les aider.

Chacun son tour, ils lui racontent les événements du matin. Parfois ils lui demandent si elle est toujours au bout du fil et elle répond simplement « oui ».

Après lui avoir donné les détails de leur visite au professeur Wilke, un silence de mort s'installe sur la ligne.

« Vous êtes toujours là ? demande Cupido.

— Oui. »

Ils attendent sans rien dire. Cupido a du mal à supporter le silence. Il le remplit en développant très prudemment leur hypothèse, celle d'une possible escroquerie, plus particulièrement une arnaque à la carte de pirate.

« Non », dit-elle avec une certitude absolue. Puis elle se met à pleurer, s'excuse, continue de pleurer. « Juste une minute. » Ils l'entendent poser l'appareil, se moucher après un moment de silence, enfin un bruissement leur parvient quand elle reprend le téléphone. Elle s'excuse à nouveau.

« En fait, c'est un grand soulagement quelque part, déclare-t-elle. Au moins je sais maintenant ce qu'elle était en train de faire. Si elle croyait à ce tableau de Fabritius, c'est qu'il y avait de très, très fortes chances qu'il existe. Voyez-vous, toute cette période, le baroque, l'âge d'or des Pays-Bas... Elle était l'un des meilleurs experts en la matière. Surtout s'agissant d'œuvres perdues... Et... Elle n'aurait jamais... Je ne pense pas qu'elle aurait inventé un tableau. Je ne sais pas, capitaine, je ne la connaissais peut-être pas aussi bien que je croyais, mais du fond du cœur, je ne crois définitivement pas à une arnaque. »

Cupido ne se contient plus, il demande s'il arrive vraiment que l'on retrouve des œuvres de grande valeur.

Carol Coutts émet un petit bruit. « Oh ! Oui. » Elle leur parle de la nature morte de Gauguin découverte il y a quelques années dans l'État américain du Connecticut. « Le tableau a dépassé le million de dollars.

— Voilà tout le problème, madame, dit Cupido. Le professeur nous a raconté que ce Fabritius pouvait valoir cent millions de dollars, un chiffre absurde. »

Pas du tout, leur apprend Coutts. En 2014, grimpant sur le toit de sa maison de campagne près de Toulouse pour réparer une gouttière qui fuyait, un Français est tombé sur une toile qui a ensuite été identifiée comme un chef-d'œuvre du Caravage, le peintre italien. Dans le monde de l'art, on s'attend à ce qu'il fasse plus de cent vingt millions de dollars.

« Un tableau de Gauguin représentant deux jeunes Tahitiennes est parti pour trois cents millions de dollars en 2015. *Les Joueurs de cartes* de Paul Cézanne a atteint près de deux cent quatre-vingts millions. Quant aux *Femmes d'Alger* de Picasso, il a fait cent soixante-dix-neuf millions de dollars...

— *Jissis*, lâche Cupido.

— Dans l'histoire du Français sur son toit... qui touchera l'argent quand la toile sera mise en vente ? demande Griessel.

— Le Français lui-même. Je sais bien que ces découvertes de trésors au fond du grenier ressemblent à des escroqueries ou à des contes de fées. Mais cela arrive. Et plus souvent qu'on ne le croit. Avez-vous entendu parler de la collection de Munich ?

— Non, répondent-ils d'une seule voix.

— En février 2012, la police allemande a trouvé dans un appartement de Munich plus de treize cents œuvres d'art. Parmi lesquelles, des Monet, des Renoir, des Matisse... »

Certains de ces noms leur sont connus. « Cool », fait Cupido au moment où sonne son portable. Il note qu'il s'agit du sergent Zézaie Davids. « Excusez-moi », dit-il en fermant l'appareil.

Coutts semble ne pas avoir remarqué l'interruption. Elle poursuit : « Voilà ce que je pense... Alicia... Je pense qu'elle a trouvé quelque chose dans son ordinateur. Quelque chose sur Fabritius. Un genre de... piste. Comme quand un détective... Vous voyez. D'une certaine façon, nous sommes des détectives nous aussi. Nous rassemblons des pistes. Souvent c'est à d'autres personnes que nous demandons de les suivre, mais là... je crois qu'elle a trouvé une sorte de piste et qu'il s'agit d'une piste solide. Suffisamment solide pour vouloir... Écoutez, elle n'aimait pas en parler, mais sa sœur... La mère d'Alicia vit aux États-Unis... Elle souffre de démence depuis des années, mais la sœur... Disons que c'est un élément incontrôlable. Elle n'aime pas trop travailler, ai-je cru comprendre. Du coup c'est Alicia qui a pris leur mère en charge financièrement, et vous savez combien les frais médicaux et les soins spécialisés sont outrageusement élevés là-bas. Je pense qu'Alicia a vu dans cette affaire une occasion de rechercher... dans une perspective plus personnelle... quelque chose qui lui aurait rapporté beaucoup d'argent. J'y ai songé, dans cette profession, nous y pensons tous... Peut-être connaissait-elle des difficultés financières...

— Vous pensez donc qu'il existe ?

— Le Fabritius ? J'en suis certaine.

— Pourquoi ?

— Parce qu'Alicia était l'un des trois seuls experts mondiaux de cette période. Elle était du genre sceptique, très futée et difficile à gruger. »

Ils se dirigent vers le bureau de Zézaie Davids dans les locaux de l'IMC. Ils entrent et le sergent leur annonce : « La mauvaise nouvelle, c'est que je n'arrive pas à ouvrir les courriels d'Alicia Lewis. Si nous avions son téléphone portable... Mais sur cet ordi, 'pitaine, je n'arrive tout simplement pas à entrer dans son courrier, elle utilise un mot de passe très résistant, ça va me prendre quelques jours.

— La barbe, grogne Cupido. Et la bonne nouvelle ? Dis-moi qu'il y a quelques bonnes nouvelles.

— Je sais avec qui elle a pris le petit déjeuner lundi. »

Très content de lui, Zézaie.

« Le professeur Marius Wilke.

— Merde alors, comment vous le savez ?

— Nous enquêtons, Zézaie, c'est notre boulot. Et toi, comment l'as-tu appris ?

— C'était marqué sur son agenda, et l'adresse courriel du prof, son numéro de téléphone et son site se trouvaient dans ses contacts. Vous êtes donc aussi au courant pour le détective privé ?

— Quel privé ?

— Vous n'avez donc pas enquêté, 'pitaine ?

— Quel privé, sergent ?

— Celui de Claremont…
— Claremont. Notre Claremont, en banlieue sud* ?
— Exact, capitaine. Notre Claremont.
— Qui est ce détective privé ?
— Billy de Palma. »
Cupido émet un son étrange. Griessel voit le visage de son collègue se contracter et blêmir.
« Tu le connais ?
— *Jirre*, Benna », dit Cupido abasourdi. Il regarde Davids : « Dis-moi que tu blagues.
— Point n'oserai-je, regardez ça. »
Davids pointe le MacBook. Les enquêteurs se rapprochent. Du doigt, Davids indique une ligne sur l'écran. Dans l'application contacts d'Alicia Lewis figure une inscription auprès de Billy de Palma Private Investigations, son site, son adresse courriel et un numéro de portable.
« Qui est Billy de Palma ? » s'enquiert Griessel. Il voit bien que Cupido est atterré.
« Comment as-tu trouvé cette info ? demande-t-il à Davids.
— Moi aussi, je sais enquêter, 'pitaine. J'ai fait une recherche avec tous ses contacts se terminant par point

* Métis, Cupido et Davids se réfèrent à ce quartier dont la génération de leurs grands-parents fut expulsée sous l'apartheid. (*Toutes les notes sont du traducteur.*)

za* et tous les numéros de téléphone commençant par +27**, et je suis tombé sur Billy de Palma. Et sur le professeur, bien sûr. Il n'y avait que deux Sud-Africains dans sa base de données, d'après ce que j'ai pu voir.

— Billy de Palma, cette ordure. » Cupido a les mains sur le bord du bureau, les phalanges toutes blanches.

« Qui est Billy de Palma ? demande à nouveau Griessel, toujours patient.

— C'est lui qui a tué Alicia Lewis, Benna », maugrée Cupido en se dirigeant vers la porte. Il s'arrête et se retourne. « C'est un maudit psychopathe, je te le dis. Je pense qu'il faut aller voir le colonel Mbali. Maintenant. »

---

* za (Zuid Afrika) : code international de l'Afrique du Sud.

** 27, préfixe téléphonique pour l'Afrique du Sud.

14

Griessel essaie de calmer Cupido, l'apaise avant de demander : « Qui est ce type ?

— Peut-être le connais-tu, Benna, mais Billy de Palma n'est pas son vrai nom. C'est ainsi qu'il a baptisé sa société : Billy de Palma Private Investigations. C'est une couverture. Tu te souviens de cette huile de l'ANC, ancien premier adjoint du Western Cape qu'on avait arrêté pour conduite en état d'ivresse ? Il y a sept, huit ans, celui qui a presque fait exploser le record à l'alcootest. Dans la catégorie des profiteurs, il roulait dans une Porsche Cayenne…

— Tony quelque chose…

— C'est ce gars-là. Tony Dimaza. Tu te rappelles ? Le poste de police du Cap a perdu un élément du dossier pour cette infraction.

— Vaguement », répond Griessel. Car c'était une époque où lui-même était bien imbibé.

« Tous les index pointaient vers un enquêteur nommé Martin Fillis. Tu as entendu parler de lui ?

— Ça me dit quelque chose…

— Martin Reginald Fillis. Un phénomène. Une véritable ordure. Narcissique, psychopathe, un trou du cul. J'étais un jeune flic à la brigade Anti-Stups, c'était mon supérieur, déjà inspecteur principal. Dès le départ, je n'ai pas pu le blairer. Glauque, je ne sais pas comment te le décrire, il avait des yeux bizarres, Benna, comme sans vie. Tout le monde m'a dit de ne pas le chercher – c'est un grand type, une sorte d'expert en arts martiaux qui se bat dans des cages le week-end. Enfin, à l'époque, arrive au poste une prostituée de Sea Point, violacée, un malade l'avait vraiment salement amochée. Elle a déclaré vouloir porter plainte. C'est Fillis qui l'avait battue comme plâtre quand elle lui avait refusé une gâterie gratuite. Du coup, il s'était déchaîné contre la pauvre femme. »

Griessel voit bien que Cupido est en train de revivre des souvenirs qui le consternent, mais son collègue poursuit.

« De toute façon, Fillis avait un alibi, l'un ou l'autre de ses potes, un civil qui a juré sur tous les tons qu'ils étaient ensemble. Il ne s'est donc rien passé, mais beaucoup d'entre nous savaient qu'il s'agissait de lui. Quelques années plus tard, alors que Fillis était enquêteur à Caledon Square, le dossier de conduite en état d'ivresse de Dimaza a disparu. Fillis était le principal suspect. Quelqu'un l'avait aperçu dans le local des preuves, il ne pouvait pas expliquer un versement de vingt mille rands sur son compte en banque, et son portable signalait un appel de Dimaza deux jours avant la disparition du document... On a ordonné une enquête complète à son sujet, on l'a convoqué en commission de discipline, je crois que le service voulait vraiment se débarrasser de lui. Fillis a compris qu'il n'arriverait pas à s'en tirer et il a évité un pataquès en démissionnant de lui-même. Il a lancé son business de détective privé. Et comme il a honte de son patronyme de Métis, pourtant parfaitement honorable, comme il craint que son passé de corrompu ne le rattrape, et pour avoir l'air à la mode, blanc et continental, il a baptisé sa société Billy de Palma Private Investigations. Il n'a pas pu obtenir une licence au Cap, alors il a dû en dénicher une dans le Free State, auprès de ses copains politiques et corrompus.

— OK, fait Griessel, mais comment savons-nous que c'est lui qui a assassiné Alicia Lewis ?

— Primo, un seul coup de bâton, Benna. Un coup terrible. Il faut être grand, costaud et rapide. Ce gars sait frapper, car il pratique des arts martiaux depuis des années. Deuxio : le corps lavé à l'eau de Javel. Cela montre qu'il a des connaissances en sciences forensiques, en ADN, en analyse sanguine, en chimie. Comme un type qui aurait été enquêteur dans la police. Tertio : son nom se retrouve dans les contacts d'Alicia Lewis.

Seul détective privé du continent à avoir cet honneur. Quarto : que fait-on quand le professeur Donald Duck vous donne le nom de neuf propriétaires potentiels d'un tableau hors de prix, qu'on se trouve coincée à Londres et que l'on veut remonter jusqu'aux neuf personnes ? On emploie un détective. On explore Google à la recherche d'un privé, on contacte le premier qui semble fiable et on lui dit de trouver ces gens. C'est ce qu'il a fait. Il lui a dégoté les neuf personnes. Il a identifié celui qui possède la toile. C'est pourquoi elle a démissionné de son job et s'est ramenée au Cap. Quinto : je te le dis, si Martin Fillis a mis la main sur l'œuvre d'art, il n'hésitera pas une seconde. Il tuera de sang-froid et essaiera de vendre le tableau. J'ai scruté les yeux de cet homme-là, et je t'affirme qu'il est capable d'assassiner. Il y a même un sixième point, Benna, qui est à mon sens révélateur. Qu'a fait le Pr Donald Duck au moment où il a appris le meurtre d'Alicia Lewis ? Il a fait ce que tout citoyen normal, innocent, respectable se doit de faire. Il nous a téléphoné. Et Martin Fillis ? Ne me dis pas qu'il ignore ce meurtre, c'est partout à la télé, à la radio, sur Internet, sur les posters fixés aux réverbères, sur toutes les unes de la presse. C'était même en couverture du *Son*, grands dieux. Martin Fillis lit le *Son* tous les jours, je peux te l'assurer. C'est pour ça que nous savons que c'est notre homme, Benna. Viens, allons voir le colonel Mbali, car il faut jouer très futé avec ce psychopathe. Il connaît toutes les astuces du métier d'enquêteur, depuis lundi il a eu le temps de brouiller toutes ses pistes, il s'est probablement forgé un alibi en béton. Il faut que nous obtenions autant d'aide que possible. »

En dépit d'un léger doute de Griessel quant aux certitudes de Cupido, ils font leur travail, discutent de leurs hypothèses et élaborent un plan d'action.

John Cloete appelle au beau milieu de leurs cogitations pour avertir Griessel que le *Guardian*, en Grande-Bretagne, vient de sortir une information sur son site, plaçant Alicia Lewis parmi « les plus grands experts mondiaux des maîtres hollandais » et s'interrogeant sur ses vacances dans la « dangereuse Afrique du Sud » si peu de temps après sa démission de chez Restore.

« Tout le monde veut un commentaire, Benny. Vous avez quelque chose ?

— L'enquête en est à un stade très délicat. »

Cloete soupire. C'est l'homme le plus patient que Benny connaisse.

Ils passent des coups de fil, puis ils prennent la route pour Oakglen où habite le colonel Mbali.

Elle les accueille au portail, protégée par des lunettes de soleil et un chapeau à large bord. Ses gants de jardinage sont couverts de boue, elle sent la terre fraîche et le parfum. « Je plante une cordyline », leur explique-t-elle.

Dans des circonstances normales, le visage de Cupido aurait exprimé de l'amusement ou de l'irritation, selon son humeur, car aucun des deux n'aurait imaginé leur supérieure zouloue en jardinière compétente – et hyper-équipée – un samedi matin.

Mais Vaughn affiche une mine sérieuse. « Merci de nous recevoir. Nous avons identifié notre gars, mais nous avons besoin de votre aide… »

Elle les invite à entrer, leur propose du thé vert ou de l'eau glacée dans laquelle flottent des rondelles de concombre et de citron. Ils remercient, mais déclinent.

Cupido l'informe de tout ce qu'ils savent. Elle écoute attentivement et, quand il a fini, elle les gratifie de son célèbre froncement de sourcils. « Mais pourquoi cette Mme Lewis l'aurait-elle choisi, lui, ce M. Fillis ?

— Nous nous sommes posé la même question, colonel, et nous avons fait un test. En tapant les mots “Le Cap, détective privé”. En tête de liste apparaît son agence Billy de Palma Investigations, à côté d'un petit logo marqué “Ad”. Cela signifie, nous a expliqué le sergent Davids, que Fillis a acheté à Google ces mots clés, dits “Adwords”. Nous avons aussi regardé son site web. Cela fait très professionnel. Une grande photo de lui. Un homme imposant, élégant, c'est comme ça qu'il gruge beaucoup de monde, il a l'air très fiable en photo. Il est fait mention de son ancien travail d'inspecteur dans les services de la police sud-africaine. Elle a dû penser qu'il était la personne idoine pour ce job.

— Je vois. D'accord. Qu'êtes-vous venus me demander ?

— Cet homme est rusé, cet homme est futé, c'est pourquoi nous souhaitons frapper un grand coup, colonel. Nous ne tenons pas à ce qu'il nous voie arriver. Nous voulons le convoquer pour un interrogatoire, mais nous souhaiterions l'empêcher de contacter son avocat. Nous allons avoir besoin de soutien, parce qu'il est violent et très costaud. Nous voulons enregistrer son interrogatoire, afin que ses mensonges soient notés dès le départ. Nous voulons un mandat de perquisition pour son domicile et pour son bureau, et un formulaire 205 pour les appels sur son portable – et nous aimerions que Philip et son équipe puissent lancer une toile d'araignée. »

Une commission rogatoire selon l'article 205 du code de procédure pénale oblige les compagnies téléphoniques à fournir aux Hawks la liste complète des appels d'un particulier. Le capitaine Van Wyk et son équipe à l'IMC utilisent ensuite un programme spécial pour relier les appels aux interlocuteurs – c'est la fameuse toile d'araignée qui montrera avec qui Fillis a pu avoir des contacts.

Kaleni hoche la tête. « Le capitaine Cloete m'a appelée… »

Griessel voit les épaules de Cupido s'affaisser. Car si le colonel connaît l'attention que portent les médias internationaux à cette affaire, elle sera plus circonspecte que d'habitude.

« Il faudra que nous soyons prudents.

— Oui, colonel.

— Vous ne disposez pas d'assez d'éléments pour les mandats de perquisition. »

Ils le savent, mais ils connaissent aussi Kaleni – derrière ses sourcils froncés se cachent une fidélité intransigeante et une capacité à soutenir ses troupes. Si on lui donne l'occasion de dire non sur un point, il est probable qu'elle donnera son accord sur les autres.

« OK, fait Cupido feignant le dépit.

— Mais je vais signer le formulaire 205. Et vous aurez du soutien en uniforme pour procéder à l'arrestation.

— Merci, colonel. »

Ils veulent coincer Fillis seul et dans un lieu public. C'est pourquoi Cupido appelle le numéro de portable indiqué sur le site de Billy de Palma Investigations.

Un homme répond, Cupido reconnaît sa voix. Il hoche la tête et passe l'appareil à Benny.

Griessel se présente comme Ben Barnard. Il lui donne du « monsieur de Palma », essaie de prendre un ton pressé et désespéré et demande à le rencontrer d'urgence, car il est certain que sa femme le trompe, elle sort ce soir, vous devriez la suivre s'il vous plaît. « Peu importent les frais, puis-je vous rencontrer s'il vous plaît au Spur, il y a bien un Spur près de vos bureaux à côté de Cavendish Square, je peux vous y rencontrer, je vous paie en liquide, dites-moi combien vous demandez… »

Ils retiennent leur souffle en attendant la réponse.

Cette offre de paiement cash est une carotte que tend Griessel au cas où Fillis ne serait pas disposé à voir un client un samedi matin. Chacun sait qu'un versement en liquide n'a pas besoin de figurer dans les livres de comptes, il échappe à l'impôt sur le revenu.

Ils attendent. Fillis soupire et finit par dire : « OK. Voyons-nous à midi et demi. Je serai dans le coin fumeurs, je porterai le maillot des Stormers. »

15

Le colonel Kaleni appelle le responsable du poste de police de Claremont, qui doit battre le rappel en ce milieu de journée car la plupart de ses hommes en tenue ne prennent leur service qu'en fin d'après-midi afin de maintenir l'ordre le samedi soir. Il ne peut pas fournir plus de quatre agents.

Griessel et Cupido les rencontrent à 12 h 33 devant le Rodeo Spur Steak Ranch. Griessel pénètre le premier pour s'assurer que Fillis s'y trouve déjà. À ce moment de la journée, le restaurant est rempli par la masse stridente et colorée de trois déjeuners d'enfants.

Griessel aperçoit Fillis dans le coin fumeurs. Comme promis, il a enfilé l'affreux maillot des Stormers. Le jaune et rouge criard du logo de cette équipe de rugby tape immédiatement dans l'œil. Il se retourne, va chercher Cupido et les agents en tenue. Ils s'avancent entre les enfants.

Fillis les voit venir. À son expression, il est clair qu'il

reconnaît Cupido et il comprend que la colonne se dirige vers lui. Ses yeux se braquent vers la porte, sa seule échappatoire.

C'est à cet instant qu'ils sont sûrs de tenir leur coupable.

Fillis se lève avant qu'ils atteignent sa table. Le regard fixé sur Cupido, il dit : « Salut, Vaughn. Toujours le plus grand fanfaron des Hawks ? »

Griessel le trouve étonnamment grand, son maillot de rugby étiré sur ses épaules puissantes.

« Martin Reginald Fillis, nous avons des raisons de croire que tu peux nous fournir des informations en rapport avec le meurtre d'Alicia Lewis. »

Aucune réaction.

« Nous avons des raisons de croire que ton téléphone portable contient la preuve que tu es en liaison avec Mme Lewis. Remets-le-nous, s'il te plaît. »

Fillis évalue les policiers, l'un d'entre eux tient une paire de menottes. Il se retourne vers Griessel et Cupido : « Va te faire foutre, Vaughn.

— Une fois de plus, je te demande ton portable, lance Griessel, ou allons-nous devoir procéder à une arrestation pour obstruction ? »

Tout le restaurant a les yeux rivés sur la scène. Fillis pèse le pour et le contre, puis il glisse lentement sa main dans sa poche d'où il sort le téléphone. Benny ouvre un sachet en plastique. Fillis le fait tomber dedans.

Pendant plus d'une demi-heure, en chemin vers les locaux de la DPCI, les enquêteurs ne prononcent pas un mot. Fillis est assis à l'arrière. Il ne l'ouvre qu'une seule fois : « Tu ne serais pas Benny Griessel, le Hawk qui picole ? » Comme aucune réaction ne vient, il allume une cigarette et souffle la fumée à travers la grille métallique qui les sépare. Conscients qu'il veut les provoquer, ils l'ignorent. Fillis regarde par la fenêtre en caressant son bouc soigneusement taillé.

En sortant, Fillis détache un instant son bras de l'emprise de Griessel, Cupido sort son arme de service et ses menottes. Fillis se détend. Il avance, flanqué des deux capitaines dans les longs couloirs, sombres et silencieux comme un samedi, du bâtiment des Hawks jusqu'à la salle d'interrogatoire. Ils s'assoient tous, chacun connaît sa place.

« Allez vous faire foutre, lance Fillis en salve d'ouverture. Je ne parlerai pas hors la présence de mon avocat. »

Ils s'y attendaient.

« Tu vas parler sans ton avocat, ou bien toi et ton avocat, vous allez vous expliquer ensemble devant les médias », lâche Griessel.

Fillis grimace, et hoche la tête. « *Jirre*, Vaughn, tu es encore plus stupide que dans ma mémoire. C'était vraiment votre meilleur plan ? Me coincer au Spur avec une embrouille brillante pour que je chie de trouille devant tous ces petits gosses et que je crache le morceau ? C'est ce que vous avez trouvé de mieux, vous les Hawks ? Vraiment ?

— Cracher quel morceau, Martin ?

— Ce que vous voulez.

— Où étais-tu lundi, Martin ? demande Griessel.

— Demandez à mon avocat. »

Fillis sort son paquet de cigarettes, en allume une, malgré le fait qu'il n'y a aucun cendrier sur la table.

Griessel sait qu'il s'agit d'une posture. Une tactique. Il l'ignore.

« Où étais-tu lundi, Martin ?

— Posez la question à mon avocat et allez vous faire foutre.

— Je vais te dire notre bon plan, Martin. Notre plan, c'est de te donner une chance de tout nous raconter. Et si tu ne veux pas, nous irons souffler aux médias que tu es notre suspect numéro un…

— Billy de Palma, articule Cupido. Tu as honte d'être un Métis ? »

Pas de réponse.

« Tu vois, Billy-boy, reprend Cupido, nous savons combien ta marque Billy de Palma t'est précieuse. Nous savons que tu as acheté des Adwords chez Google. Nous savons que tu as massivement investi pour être placé en tête des agences de détectives lorsqu'on fait des recherches sur Internet. Donc, notre plan consiste à ce que les journaux et les sites web écrivent quelques articles sur toi et ton agence, qu'ils disent que tu pourrais être, ou pas, impliqué dans l'assassinat d'Alicia Lewis…

— Le *Guardian* est déjà en train d'écrire sur cette affaire, dit Griessel.

— En voilà, un grand quotidien britannique… note Cupido.

— Je sais ce qu'est le *Guardian*, maugrée l'homme.

— Alors tu sauras ce que trouveront tes clients putatifs la semaine prochaine quand ils chercheront un détective privé au Cap, susurre Griessel.

— Ou même l'an prochain, ajoute Cupido. Ou dans deux ans, c'est le problème avec ces maudits sites web, Billy-boy, cette information ne s'efface pas. Elle revient toujours pour te hanter…

— Ils verront aussi tes Adwords, sur la même page que les allusions au fait que tu es un assassin, ou peut-être pas.

— Et nous lâcherons aux médias quelques éléments de ton passé, et ils le rajouteront, car tu sais comme ils sont friands de ces histoires merdiques. Et elles finiront par ne plus t'appeler, Billy-boy, toutes ces clientes affligées d'un mari volage.

— Tout ce fric gâché pour acheter des Adwords, soupire Griessel.

— Va falloir te trouver un nouveau job, car ton

agence aura disparu comme le dodo. Mais l'horreur des horreurs, Billy-boy, c'est que les gens sauront que tu es un escroc. Un voyou. Un ex-flic de pacotille, un ex-flic corrompu de seconde zone, un cogneur de prostituées, un meurtrier de femme sans défense. »

Ce double jeu est en effet leur meilleur plan : Fillis doit comprendre qu'il lui faut leur lâcher quelque chose s'il veut préserver la réputation de son agence. Ils ne savent pas si le piège va fonctionner, mais Cupido pense que les pervers narcissiques ont très peur d'être humiliés en public.

Ils le surveillent d'un œil d'aigle, ils attendent. Assis tel un sphinx, Billy fixe la vitre teintée de la salle d'observation.

« Je ne vois pas de quoi vous parlez », déclare-t-il finalement.

Cupido renifle, amusé. « Pendant que nous bavardons, on est en train de décortiquer ton téléphone portable. Nous avons reçu un formulaire 205 pour retracer tous tes appels. Que vas-tu nous dire quand nous aurons prouvé que tu as eu des contacts avec Alicia Lewis ? »

Pas de réponse.

« Ce n'est qu'une question de temps, nous allons bientôt avoir accès à ses courriels... Ressaisis-toi. Dis-nous où tu étais lundi », insiste Griessel.

Un long silence. Fillis dit : « Faudrait que je consulte mon agenda. Rendez-moi mon téléphone. »

Griessel secoue la tête. « Tu sais exactement ce que tu faisais lundi. »

Fillis croise les bras sur sa poitrine.

« Comme tu voudras, dit Cupido. Benna, appelle donc sans tarder notre officier de liaison. »

Il sort son portable et tape le numéro de Cloete. Le porte-parole décroche aussitôt. Griessel active le haut-parleur.

« John, nous sommes sur le point de procéder à une arrestation, tu peux faire savoir aux médias que le suspect s'appelle Martin Reginald…

— OK, coupe hâtivement Fillis.

— Ça veut dire quoi ? demande Cupido.

— OK, je vais parler.

— Sans ton avocat ? »

Fillis opine, le dos tendu, la nuque raide, un homme qui tient mordicus à sa dignité.

16

Fillis jure ses grands dieux qu'il n'a jamais rencontré Alicia Lewis, ni dimanche, ni le lendemain. Il ne l'a jamais vue en personne. La dernière fois qu'il a correspondu avec elle remonte à plus de deux mois.

« On va donc voir où ton portable a borné et il montrera que tu ne l'as jamais approchée lundi ?

— Je ne sais pas où elle était lundi.

— Commence par le commencement, suggère Griessel. Quand t'a-t-elle contacté ? »

Fillis raconte son histoire avec de courtes phrases agressives et ses yeux restent fuyants. En novembre de l'année dernière, sans crier gare, elle lui a envoyé un courriel. Elle lui demandait simplement de confirmer qu'il était bien spécialiste de la recherche de personnes, comme l'indiquait son site. Il a confirmé. Elle lui a adressé un deuxième courriel pour savoir s'il pouvait intervenir dans la recherche d'un objet, pouvant être en la possession d'une personne figurant parmi neuf noms. Il a répondu que sa compétence couvrait aussi ces services-là. Alicia Lewis l'a appelé de Londres le lendemain, pour une discussion concernant son expérience et ses tarifs. Elle voulait le sonder, pense-t-il. Apparemment, elle a été satisfaite, puisqu'elle lui a fait parvenir un contrat avec une longue clause de confidentialité. Il l'a signé, renvoyé, et il a reçu dans la foulée la liste de neuf noms.

« Tu savais qui elle était, à l'époque ? demande Cupido.

— Comment l'aurais-je su, Vaughn ? »

Réponse irritée face à cette insinuation.

« Parce que je te connais, Billy-boy. Tu auras immédiatement recherché son profil sur Google. Tu auras su que la dame traitait de tableaux de haute valeur, et que si elle cherchait un objet, il y avait beaucoup d'argent à la clé. Tu t'es donc mis à fantasmer… »

Fillis maudit Cupido, ce dernier émet un grognement. Ils continuent à s'affronter au sujet de l'affirmation de Cupido, jusqu'à ce que Griessel intervienne : « Et alors, tu t'es mis à rechercher les neuf personnes ?

— Je les ai bien entendu retrouvées. Je suis le meilleur détective privé du pays.

— Faut pas te fier à ta propre publicité, Billy-boy. Et alors, qui détient le tableau ?

— Le fermier de Villiersdorp. »

Leurs oreilles se dressent, leur pouls accélère, mais ils

sont trop aguerris pour laisser voir à Fillis qu'ils sont excités.

« Quel fermier de Villiersdorp ?

— Vermeulen. Willem Vermeulen. Senior.

— Et comment as-tu appris tout cela, Billy-boy ? Comment l'as-tu su ?

— Je le lui ai demandé. Il m'a répondu qu'il avait déjà vu le tableau. Où ça, lui ai-je demandé. Il m'a répondu que ce n'étaient pas mes oignons...

— Et comment pouvait-il savoir quel tableau tu recherchais ?

— Je lui ai montré la photo.

— Quelle photo ?

— Celle qu'Alicia Lewis m'a envoyée.

— Une photo ?

— Tu es sourd ?

— Pourquoi n'as-tu pas dit tout de suite qu'elle t'avait envoyé une photo ?

— Vous ne m'avez pas laissé le temps de parler, fait Billy avec une grimace qui marque sa petite victoire.

— Si tu veux jouer au con, Billy-boy, on peut jouer ensemble. Benna, je t'ai déjà dit que ce type n'est qu'un tas de merde. Appelons les médias et qu'on nous débarrasse de l'affaire. Il ne va pas cesser d'essayer de nous embobiner...

— Ce n'était qu'un morceau du tableau, lâche Fillis, irrité. Elle m'a d'abord envoyé les neuf noms. J'en ai trouvé huit, le neuvième, c'était une vieille dame qui est morte en août dernier à Pretoria, et puis au bout du compte, cela n'avait aucune importance. J'ai donc transmis les coordonnées des huit personnes à Lewis. Du coup, elle m'a envoyé une photo de la peinture. Ça s'est révélé n'être qu'un fragment de l'ensemble. Le visage d'une femme. Une femme drapée dans une cape.

— Une cape ? Que veux-tu dire ? Comme dans Cape Town ?

— Non, une cape comme celle de Superman. »

Griessel demande où se trouve la photo, Fillis répond qu'elle est sur son portable. Griessel sort le téléphone du privé de sa pochette et commence à naviguer, selon les instructions de Fillis, sur l'application Gmail, dans le bon dossier, sur le bon courriel. Ils aperçoivent un morceau du tableau, la tête et les épaules d'une femme. Ses yeux brun foncé sont dardés sur les leurs. Elle ne sourit pas, mais sa bouche s'apprête à le faire. Il y a de la douceur dans son regard, de la tendresse, du savoir. Ils ne peuvent s'arrêter de la contempler, avec ses belles lèvres carmin, un nez droit qui pointe, la peau lisse et blême, les cheveux châtain clair, noués en arrière pour éviter peut-être qu'ils ne tombent en une cascade de petites boucles. Une femme attirante.

Mais ce qui frappe Benny, et ce qui l'amène à parler, c'est le manteau recouvrant ses épaules. Sur ce fragment de tableau, on a l'impression que c'est le seul vêtement qu'elle porte. Mais c'est davantage encore la couleur qui l'inspire.

« La femme en bleu, articule-t-il.

— Exactement, renchérit Cupido.

— Quoi ? » s'étonne Fillis.

Le téléphone de Cupido sonne. « Ça ne te concerne pas, Billy-boy », coupe-t-il en sortant l'appareil de sa poche. Il ne connaît pas le numéro appelant, répond tout de même et écoute attentivement. « OK, OK. Sur quelle route ? OK, grand merci, appelez s'il vous plaît la police scientifique. »

Il raccroche et explique à Griessel : « Le poste de police de Grabouw a retrouvé le véhicule de location d'Alicia Lewis. Dans la montagne, sur l'autre versant de Grabouw, en direction de Villiersdorp. Il empeste l'eau de Javel. Maintenant tu es coincé, Billy-boy. Tu es cuit. »

Ils appellent le colonel Kaleni et lui disent qu'ils ont suffisamment de munitions pour les mandats de perquisition au bureau et au domicile de Fillis. Ils demandent du renfort. Et plus spécifiquement les capitaines « Mooiwillem » Liebenberg et Frankie Fillander pour poursuivre l'interrogatoire de Martin Fillis, car ces deux-là sont de service ce week-end et toujours prêts à les aider. Ils savent aussi qu'un individu narcissique comme Fillis sera profondément irrité de perdre son temps face à un homme plus séduisant que lui – car Liebenberg est connu comme le George Clooney des Hawks. Quant à l'oncle Frank Fillander, c'est le plus expérimenté de l'équipe en matière de réactions humaines.

Il leur faut presque une heure pour mettre Liebenberg et Fillander au courant des détails de l'affaire. Ils demandent à leurs deux collègues de prolonger autant que possible l'interrogatoire du suspect, pendant ce temps ils fileront vers la ferme de Villiersdorp.

Griessel et Cupido prennent la N2, passent le col de Sir Lowry, traversent Grabouw. Ils appellent Jimmy, le grand maigre de la PSCI, afin qu'il leur précise le lieu où l'on a retrouvé la voiture de location d'Alicia Lewis.

« Prenez la R321 à la sortie de Grabouw et roulez jusqu'à Theewaterskloofdam sur douze kilomètres. La barrière se trouve à flanc de montagne, vous verrez une camionnette de police et deux agents… »

Ils n'ont pas le temps d'admirer le paysage à couper le souffle, le bleu des lacs de barrage, le vert foncé des forêts de pins, les formations de roches grises sur les montagnes rugueuses. Ils réfléchissent et discutent de l'affaire, cherchent le véhicule de police, le repèrent et prennent le virage. Ils débouchent sur une barrière de ferme avec un petit panneau à moitié caché derrière des feuilles : *Réserve naturelle de la Montagne du Pays vert.* Entrée interdite.

Les agents expliquent qu'ils sont intervenus après qu'un garde champêtre de la réserve a téléphoné au poste de police de Grabouw pour se plaindre de la présence d'une Toyota.

« La barrière était-elle fermée ? s'enquiert Griessel.

— Non, capitaine, elle n'est pas close.

— Les équipes forensiques sont déjà arrivées ?

— Oui, capitaine, les gars sont à cent mètres d'ici. »

Ils marchent sur un sentier accidenté et creusé par deux sillons, qui serpente vers le sommet. Ils aperçoivent d'abord le petit bus de la scientifique, puis le Long et le Large qui s'affairent sur la Toyota de location. Le hayon et le capot du véhicule sont relevés. Le Long et le Large voient arriver les deux enquêteurs. Ils déversent leurs blagues habituelles et se plaignent de manquer le match entre les Stormers et les Cheetahs*.

Arnold, le petit gros, dit que la Toyota a été nettoyée de fond en comble pour éliminer les empreintes digitales. À l'intérieur, l'usage massif d'eau de Javel a fait des trous dans les tapis de sol et le revêtement des sièges. Il n'aurait pas pu, lui-même, envisager une meilleure façon de se débarrasser des experts de la police.

* Les Cheetahs, surnom de l'équipe de rugby du Free State. Les Stormers viennent du Cap.

« C'est exactement ce que je pense, estime Cupido. Il s'agit d'un type qui savait ce qu'il faisait. »

La ferme s'appelle Eden. Une belle ferme ancienne à flanc de montagne, à l'ouest du village de Grabouw, avec une vue théâtrale sur la vallée du Theewaterskloof.

Alors qu'ils s'arrêtent devant la porte, trois grands chiens déboulent de la varangue en aboyant, et les accompagnent en remuant la queue jusqu'à la porte d'entrée ouverte. Les policiers tirent la cloche. Des commentaires de match de rugby leur parviennent du fond de la maison. De lourds pas ébranlent le plancher à l'intérieur. Un homme apparaît dans le cadre de la porte – un homme grand, la quarantaine, avec de gros bras et des mains massives.

« Bonjour. Puis-je vous aider ?

— Nous sommes de la police. Nous appartenons aux Hawks. Nous venons pour le tableau. »

L'homme en survêtement sombre et en pantoufles se fige. Il les regarde d'un air inexpressif, pousse un soupir qui ressemble à du soulagement. Il tend sa grande main. « Junior Vermeulen. »

Ils se serrent la main et se présentent. Griessel prend la parole : « En fait, nous cherchons Willem Vermeulen Senior.

— C'est mon père. Mais en réalité, c'est moi que vous

cherchez. S'il s'agit du tableau, c'est moi que vous cherchez. »

Il les invite à entrer, et crie en direction du fond de la maison : « Y a du monde, ma femme ; éteins la télé, la Western Province va perdre de toute façon ! » Il les précède dans un couloir où les étagères, croulant sous les livres, montent jusqu'au plafond, et les fait asseoir dans un salon imposant, sur de grands fauteuils de facture classique.

Le son de la télé disparaît, et des petits pas se font entendre. La femme est belle et gironde, dévoilant de grandes fossettes quand elle rit. Elle se recoiffe avant de les saluer. « Excusez-moi, nous n'attendions personne. Je m'appelle Minnie.

— Ils viennent pour le tableau, dit son mari.

— Il était grand temps. Que voulez-vous boire ? »

Ils expriment leurs préférences, ce qui dure quelques minutes, et les trois hommes se rassoient.

« Vous avez des nouvelles ? » s'enquiert Vermeulen Junior.

La question les prend par surprise. Cupido demande : « Que voulez-vous dire ?

— Eh bien ! Si vous êtes ici, c'est que vous avez certainement des nouvelles, je suppose.

— Des nouvelles de quoi, monsieur Vermeulen ?

— Du tableau. C'est bien pourquoi vous êtes ici.

— Nous sommes ici pour Alicia Lewis.

— Ah ?

— Vous connaissez Alicia Lewis ?

— Oui, oui, elle est venue lundi, répond Vermeulen, légèrement impatient. Quel est son problème ? »

Ils se regardent avant de se tourner vers lui.

« Elle est morte, monsieur.

— Oh ! La vache, dit le fermier. Comment ?

— Vous n'avez donc pas vu les informations à la télé ?

— Non, vous savez, je ne les regarde plus. Chaque jour, ce sont de mauvaises nouvelles, toujours les mêmes. Elle est morte de quoi ?

— Elle a été assassinée lundi…

— Oh ! La vache ! »

Vermeulen se dresse d'un coup, au point que les enquêteurs sursautent et empoignent leur arme de service. Mais il leur tourne le dos, se dirige vers la porte et crie en direction de la cuisine : « Ma femme, ils disent que la dame Lewis est morte. Et qui plus est, lundi ! Assassinée !

— Non ! » s'écrie Minnie Vermeulen. Ils l'entendent arriver d'un pas rapide.

Elle demande où et comment Alicia Lewis a été tuée, de l'anxiété et de la confusion dans la voix. Son mari cherche à la calmer. Elle pleure un moment, et dit : « La pauvre. C'est ma faute, c'est ma faute. »

Son mari la console : « Mais non, mais non, ce n'est pas ta faute. »

Griessel finit par leur demander de s'asseoir.

« Ma femme, je pense qu'il vaut mieux que la vérité sorte, dit Vermeulen.

— Oui, répond-elle doucement.

— Voulez-vous venir avec nous ? demande l'homme.

— Où ça ?

— Je vais vous montrer le tableau. »

17

12 octobre

Ils ne sont plus qu'à cent pas derrière lui. Rien ne les fatigue, comme des démons.

Il arrive à Delft à dix heures passées, il n'est plus sûr de l'heure, il veut prendre le vieux quai pour arriver au Grote Markt, peut-être là-bas pourra-t-il leur échapper, si son souffle et ses jambes tiennent, il n'en peut plus, c'est maintenant ou jamais, ils sont trop proches, ils sont quatre, ils ne se fatiguent toujours pas. Pour la première fois, il est submergé par la panique, sa respiration s'accélère et il se figure déjà de quelle façon ils vont le poignarder, son sang va gicler comme celui d'un mouton sacrifié. Il veut crier, se met à courir, il ne doit pas, c'est trop tôt, il faut qu'il épargne ses forces, il doit attendre la foule du Grote Markt, il a encore une infime avance, mais la peur l'envahit, étouffe ses sens. Il se retourne, il les voit courir, une lame brille au soleil.

« À l'aide, Seigneur. » Il ne sait pas si le cri muet traverse sa tête ou s'il franchit ses lèvres de façon stridente, c'est ainsi que l'histoire va se terminer, à Delft, dans la rue Doelen à Delft, il n'a aucun lien avec cet endroit, il va crever comme un étranger, on va l'enterrer dans un trou sans inscription, personne ne saura rien de lui…

Une main invisible le soulève. Il voit ses pieds quitter le sol, et à cet instant il pense : Je suis mort, je plane. La main le projette avec une force terrible contre le mur de la maison, un coup de tonnerre qui lui provoque une énorme douleur dans les oreilles, il en appelle au ciel, il entend ses côtes se briser, c'est tout ce qu'il parvient à entendre, ses os qui se cassent, puis tout devient sombre, tout est obscurité, il ressent la douleur dans sa poitrine, sa tête, ses oreilles.

Une chose au-dessus de lui. Effrayé il ouvre les yeux. Seule sa main droite parvient à bouger, il s'en sert pour s'essuyer les yeux – il a du sang sur la main. Ses poursuivants l'ont-ils capturé ?

Le mur, c'est le mur qui repose sur lui. Il bouge. Ça lui fait mal, mais il arrive à bouger. Il parvient à en écarter quelques morceaux.

Pourquoi est-il sourd ? Il se débat pour voir où ils se trouvent. La douleur lui transperce le flanc, les côtes.

Il constate que tout est en ruine, que des maisons flambent, que ses quatre poursuivants ont disparu, comme si une main venue d'en haut les avait balayés.

Et il finit par apercevoir du bleu dans l'obscurité, entre les poutres, les pierres, les décombres, la suie. Un bleu limpide qui éclabousse.

Il le soulève avec précaution. Il voit la femme. Il halète, il a besoin d'air.

18

Ils en ont le souffle coupé.

Sur le fond clair dont la texture est tellement fidèle à la réalité qu'on pourrait la toucher, se détache la femme – très exactement la même femme que sur la photo de Fillis. Mais à présent ils peuvent la contempler de la tête aux pieds. Car elle ne porte rien sous son manteau bleu. Ses pieds sont plongés dans l'eau d'un fleuve, d'une fontaine, d'un bain. Elle tient fermement son manteau des deux mains pour couvrir ses seins et son pubis. Son ventre est gros, comme si elle était enceinte, ses jambes solides sont visibles bien au-dessus du genou. Et ce visage, ces yeux pleins de tendresse et de secrets.

Le tout baigne dans une lumière magique. Le tableau est entreposé dans la chambre forte des Vermeulen, au fond de la cave, sous la ferme. Les enquêteurs regardent la toile, le fermier et son épouse les regardent.

« C'est tellement beau, et voilà qu'une dame est morte, murmure Minnie.

— Cela n'a rien à voir avec nous, ma femme.

— Mais pourtant, Junior... »

Benny et Vaughn les entendent, mais ne peuvent détacher leurs yeux du tableau.

« Nous pensons qu'il s'agit d'Hendrickje Stoffels, dit Minnie.

— Très bien », fait Cupido. La magie du modèle opère encore sur lui.

« Qui ? demande Griessel.

— La maîtresse de Rembrandt, explique Minnie. Il l'a souvent prise comme modèle, c'est pourquoi nous savons à quoi elle ressemblait. Mais c'est le seul tableau où elle figure enceinte. Il date de 1654, un peu avant le décès de Fabritius. Il y avait comme un parfum de scandale autour de cette femme...

— Je suis tout tourneboulé, avoue Cupido.

— Moi aussi, ajoute Griessel.

— Fabritius et elle avaient du charisme, dit Minnie. Regardez ici – vous voyez cette trace de brûlure ? »

Ils regardent de plus près. Il manque un petit bout de toile sur le côté gauche, et le bord est noirci.

Ils hochent la tête.

« Venez prendre une tasse de café, je vais tout vous raconter. »

L'épouse du fermier, avec ses jolies fossettes, raconte son histoire non sans habileté. Aidée par son mari. Elle souligne qu'il ne s'agit que du compte rendu de ce qu'elle croit être la vérité, car elle manque de preuves.

Elle affirme que le vrai nom de Carel Fabritius était Carel Pieters. Mais cela n'a pas d'importance. Fabritius était apprenti auprès du célèbre Rembrandt Van Rijn. Quinze ans après avoir étudié à ses côtés, Fabritius est revenu loger chez son vieux maître à Amsterdam pendant l'été 1654. Il a vu que son ancienne gouvernante, à présent sa maîtresse, était enceinte de leur premier enfant. De retour à Delft, Fabritius a peint ce tableau d'Hendrickje, certainement comme un présent pour Rembrandt. Il a dû le finir avant octobre 1654.

À dix heures et demie du matin, le 12 octobre 1654, le responsable du Magasin des Poudres de Delft a pénétré dans ce bâtiment où la ville stockait sa poudre à canon, une lanterne à la main. Personne ne sait exactement ce qu'il s'est passé, mais l'explosion, connue sous le nom de Coup de Tonnerre de Delft, a réduit en cendres un quart de la ville. On l'a entendue jusqu'à cent cinquante kilomètres de là.

Carel Fabritius, le peintre génial qui avait une belle carrière devant lui, était chez lui quand le magasin a explosé. Il est mort sur le coup, et pratiquement tous les tableaux sur lesquels il travaillait à l'époque ont été détruits.

« Je pense que cette petite trace de brûlure sur le côté de la toile est survenue lors du Coup de Tonnerre de

Delft, avance Minnie Vermeulen. Quelqu'un a ramassé l'œuvre, selon moi un dénommé Van Schoorl. Je vais faire un bond de plus de trois cent cinquante ans en avant afin que vous compreniez pourquoi. »

Elle explique que le tableau est en possession de la famille de son mari depuis des générations. Quand elle a épousé Junior, elle l'a vu dans la chambre à coucher du maître de la ferme, du temps où l'exploitation appartenait à son beau-père Willem Vermeulen Senior.

Le tableau fascinait tous ceux qui le voyaient, mais bien peu avaient ce privilège. Car Senior était un homme d'Église, strict. La quasi-nudité de la femme ne devait pas être exhibée.

Quand Junior a fini par reprendre la ferme, Minnie a demandé que la toile reste accrochée dans la chambre à coucher. « D'accord, a concédé son beau-père, mais tu ne la montres pas à la ronde. Promets-le-moi. »

Elle a promis.

Minnie est une grande lectrice, depuis son jeune âge. Elle lit de tout, mais elle a toujours le sentiment d'être en retard dans ses lectures, tant il y a de bons livres et alors qu'on a si peu de temps devant soi. C'est pourquoi elle n'est tombée sur *Le Chardonneret* de Donna Tartt qu'en avril dernier.

« Un moment, coupe Cupido.

— C'est un sujet que le professeur a abordé, rappelle Griessel.

— C'est exact. Qui est cette Tartt ? »

La fermière leur apprend que Donna Tartt est une romancière américaine auteure d'un roman à succès intitulé *Le Chardonneret*, à propos d'un oiseau peint par ce même Fabritius. Le tableau se trouve aujourd'hui à la Mauritshuis de La Haye. Mais c'est sans importance. Ce qui est vraiment crucial, c'est que le roman a fait bondir Minnie de son fauteuil, sous la véranda de derrière, et l'a propulsée dans la chambre à coucher.

Elle savait qu'elle avait déjà vu le nom de Fabritius, elle était certaine de l'avoir lu en bas du tableau accroché en face de leur lit.

Et là, elle aperçoit la signature – les mêmes caractères romains, la même écriture et la même année que *Le Chardonneret*.

« Je n'en ai pas cru mes yeux. Je ne voulais pas y croire. J'ai passé mes doigts sur la toile pour m'assurer qu'elle était authentique. Je suis allée chercher Junior pour lui demander de quand datait le tableau. Je me suis rendue chez mon beau-père pour en discuter, j'ai lu tout ce que j'ai pu trouver concernant le peintre, et puis je me suis mise à fouiller dans les archives pour savoir s'il s'agissait de l'original. Car si c'était le cas, je savais qu'un authentique Fabritius vaudrait très cher. Je n'ai pas de preuves sur tous les points, mais je pense qu'un type du nom de Van Schoorl, le jour où le Magasin des Poudres a explosé à Delft, a ramassé le tableau aux alentours de la maison de Fabritius. Il semble qu'il se soit embarqué deux mois plus tard sur le *Arnhem* en route pour Le Cap, afin d'y travailler pour le compte de la Compagnie des Indes orientales. Son fils, je pense, l'aura vendu vingt ans plus tard à un van Reenen, un ancêtre de Junior. »

Il n'y a qu'une seule façon de s'assurer totalement de l'authenticité de l'œuvre, a-t-elle estimé, c'est de la présenter à des experts. Mais les Vermeulen ne le pouvaient pas, car le beau-père résidait toujours au village, et elle avait promis de ne montrer le tableau à personne.

Minnie a fait alors des recherches sur Internet et est tombée sur le site d'une société nommée Restore, qui employait une grande spécialiste des peintres néerlandais de l'époque, Alicia Lewis.

« J'ai pris une photo du tableau, et je l'ai envoyée à Alicia Lewis…

— Sans rien m'en dire, interrompt Junior.

— C'est vrai, je ne vais pas mentir. Je voulais juste savoir s'il y avait quelque chose d'authentique dans ce tableau, vous comprenez ? En tout cas, j'ai envoyé la photo à cette dame, en lui demandant s'il pouvait s'agir d'un vrai Fabritius. Un jour plus tard, j'ai reçu un courriel de sa part, elle estimait que c'était possible et me demandait l'autorisation de m'appeler. Je me suis dit, la vache, si jamais elle se met à raconter au monde entier qu'il y a un authentique Fabritius à Villiersdorp, le beau-père va me tuer, et j'ai répondu que je n'avais pas de téléphone. Quelques jours plus tard, elle m'envoyait un lot de photos de portraits d'Hendrickje Stoffels par Rembrandt, me demandant de bien regarder s'il ne s'agissait pas de la même femme. Je suis allée voir et j'ai constaté qu'il y avait de fortes chances que ce soit la même. Je lui ai répondu que oui, je pensais que c'était bien cette femme. Son courriel suivant était hyper long et accompagné d'un contrat ; elle voulait me représenter, car je devais à l'humanité d'exposer ce tableau. Elle m'a demandé si j'avais bien saisi que, au cas où elle serait authentique, cette œuvre valait plus d'un milliard de rands. Là, ça m'a carrément effrayée. Bien trop lourd. »

C'est à ce moment qu'elle a décidé de raconter toute l'histoire à son mari. Junior lui a demandé tout ce que cette Mme Lewis savait à leur sujet. Rien d'autre que son adresse courriel – minnie43@mweb.co.za.

« Laisse tomber, ma femme, a conclu Junior. Papa va nous déshériter si on en parle, on n'a pas besoin d'argent, on n'a pas besoin de cette affaire. Or ce truc, c'est vraiment une grosse affaire… »

Le fermier prend alors la parole pour dire que ça n'avait pas suffi, car en novembre dernier s'était pointé à la ferme un petit détective, qui avait un morceau de tableau en photo sur son portable. « Il a demandé si mon père était là, j'ai répondu qu'il vivait au village. Et puis il m'a demandé si je connaissais ce tableau.

— C'était exactement la photo que j'avais envoyée à Alicia Lewis, dit Minnie. Mais simplement coupée de sorte qu'on ne voyait que le visage d'Hendrickje. Et un bout de son manteau.

— Martin Fillis, demande Cupido. C'était le nom du détective ?

— Non, ce n'était pas ça…

— Billy de Palma.

— Oui, voilà. De Palma. Et couillon comme je suis, je mens si mal que j'ai arrêté d'essayer depuis longtemps, dit Junior. Je lui ai donc répondu oui, j'ai déjà vu le tableau. Où ça ? il m'a demandé. Je me reprends et je lui demande pourquoi il cherche à le savoir. Il fait hum, il fait ha, mais il ne répond pas, alors je lui ai dit qu'on n'avait rien à discuter. Donc il est parti d'ici…

— Junior m'a raconté tout ça, alors j'ai dit à Junior, viens, on va entreposer le truc dans la chambre forte, car bientôt quelqu'un risque de venir nous voler notre Fabritius. On l'a donc bouclé dans la chambre forte. J'ai tout de même pris une photo, je l'ai fait agrandir, puis encadrer et on l'a accrochée devant notre lit, afin que je puisse continuer à voir Hendrickje, car nous sommes devenues les meilleures amies du monde…

« On l'avait à peine installée, que survient un dimanche avec un service eucharistique au village. En sortant de l'église, je remets mon portable en route et voilà qu'il y avait un message de l'agence de sécurité :

l'alarme s'est déclenchée à la ferme, il faut s'y rendre au plus vite. Et tout ce qui a été volé à la maison, c'était la photo du Fabritius sur le mur de notre chambre et mon collier de perles qui se trouvait dans un coffret sur ma coiffeuse, juste en dessous du tableau, et deux bocaux de pêches en conserve dans la cuisine.

— Et ensuite ?

— Et ensuite, j'ai fait mettre une porte plus épaisse et plus grande à la chambre forte. »

19

« J'ai cru que vous aviez retrouvé une partie des biens dérobés, dit Willem Vermeulen Junior. C'est pourquoi quand vous êtes arrivés, je vous ai demandé si vous aviez des nouvelles du tableau. Car quand on a déclaré le vol à la police, on a simplement dit qu'il s'agissait d'une femme avec un manteau bleu. De toute façon, on a cru qu'on n'en entendrait plus parler. Jusqu'à ce lundi.

— Quelqu'un a frappé à la porte vers onze heures et demie. Junior travaillait au vignoble, moi je préparais des *hertzoggies** à la cuisine. Je vais voir, il s'agissait de cette femme, habillée chic, qui annonce : “Bonjour, je cherche Willem Vermeulen.” Je dis : “Je suis Minnie Vermeulen, enchantée de faire votre connaissance.” Elle me regarde bizarrement : “Minnie. Bien sûr. Nous nous

* Tartelettes fourrées, nommées ainsi d'après James Hertzog, Premier ministre nationaliste de l'Union Sud-Africaine (1924-1939).

sommes déjà parlé. Par courriel. Mon nom est Alicia Lewis."

— Et puis ?

— Et puis, je la fais entrer, et je fais venir Willem de son vignoble, car j'ai un peu peur, jeune homme. C'est moi qui ai déclenché cette affaire, qui lui ai envoyé la photo et les courriels, et voilà qu'elle débarque chez nous. Immédiatement, elle me demande si elle peut voir le Fabritius. "Non, que je lui réponds, on a une mauvaise nouvelle, attendez que mon mari arrive." Quand il entre, je lui dis en afrikaans qu'il faut qu'il mente avec moi. Nous lui disons donc que le tableau a été volé – qu'elle peut interroger la police, une plainte a été déposée.

— Et alors ?

— Alors, elle ne veut pas nous croire. Donc je vais lui montrer la chambre et l'endroit où le tableau était accroché. Voilà qu'elle se met à pleurer à chaudes larmes, là dans ma chambre à coucher, au point que je me dois de la consoler. Je me sens terriblement mal à l'aise parce que je lui mens. Mais nous continuons. Alors elle partage le déjeuner avec nous, elle nous pose des questions sur la taille, sur la beauté de la toile… Et puis elle repart.

— Vers quelle heure ?

— Il était tard, elle était restée longtemps à la maison, comme si elle ne voulait pas décoller. Certainement aux alentours de trois heures et demie. »

C'est aussi l'estimation de Junior.

« À quelle heure est-elle morte ? demande Minnie Vermeulen.

— Peu après, dit Griessel.

— Aïe, Seigneur ! »

Minnie se remet à pleurer.

Le soleil est en train de se coucher quand ils repartent pour Bellville. Griessel conduit, Cupido appelle Mooiwillem Liebenberg pour savoir s'il y a des progrès dans l'interrogatoire de Fillis.

« Il est encore ici. Il semble que, pour lundi, son alibi soit en béton, Vaughn. L'oncle Frankie vérifie encore certains détails, mais Fillis était bel et bien à son bureau. Son téléphone portable l'atteste, la vidéosurveillance à la réception de son immeuble aussi, et au moins un de ses clients affirme avoir tenu une réunion avec lui.

— Zut... Quid d'un contrat pour descendre Alicia Lewis, Willem ?

— La liste de ses appels téléphoniques le mois dernier n'indique rien de suspect, Vaughn. Mais si l'on remonte en arrière...

— Oui ?

— Le système "araignée" de l'équipe de Philip a produit un petit drapeau. Il y a eu une rafale d'appels entre Fillis et un type nommé Rudewaan Ismail. Plus de trente-quatre coups de fil, dans les deux sens, sur plusieurs semaines. Bon, Ismail a un palmarès impressionnant. Il a été épinglé sept fois pour cambriolage, c'est un pro…

— Quand ça, Willem ? Quand est-ce que Fillis a eu des contacts avec Ismail ?

— Laisse-moi regarder…

— Novembre ? Décembre ?

— C'est exact, début décembre. Ils se sont parlé plusieurs fois par jour jusqu'au 14.

— Quelle est la dernière adresse connue d'Ismail ?

— Mitchell's Plain…

— Demande à ce qu'on l'amène à Bellville, Willem. Pour le vol d'un tableau dans une ferme des environs de Villiersdorp. »

Griessel et Cupido jettent un coup d'œil furtif dans la salle où Frank Fillander et Mooiwillem interrogent toujours Fillis.

Fillis n'est plus assis, il fait les cent pas dans la pièce, les insulte, menace de poursuivre les Hawks et toute la police nationale. Le sol est jonché de mégots et sent le tabac froid.

« Continue, lance Cupido. Mais laisse-moi te dire une chose, Billy-boy. On va te coffrer. Ton pote Rudewaan Ismail est en chemin pour nous rendre visite. Il va passer un deal avec nous, je peux te le garantir.

— Va te faire foutre, Vaughn, grogne Fillis, qui

semble tout de même inquiet. J'ai besoin de manger, j'ai besoin d'eau et de cigarettes. Je ne parle plus avec vous. »

Ils sortent, poursuivis par les insultes de Fillis.

Ils se rendent dans le bureau de Cupido pour appeler le poste de police de Villiersdorp. Ils tiennent à recevoir les dossiers concernant les cambriolages.

Rudewaan Ismail a quarante et un ans, il est maigre comme un clou, avec une fine moustache et une attitude très polie, soumise même. Ils sont assis autour de lui dans le bureau de Cupido.

« Non, messires, mon passé délictueux, les condamnations, tout ça c'est un malentendu – on a déposé ces objets chez moi, je ne suis pas un voleur, moi.

— Sept fois tout de même, mon frère, fait remarquer Cupido.

— C'est difficile à croire, je le sais, mais c'est vrai, messires.

— Messires ! Ça fait médiéval, mon frère.

— C'est comme ça que je suis.

— Rudewaan, tu connais Martin Fillis…

— Je ne saurais dire, messire…

— Pas la peine de tourner autour du pot, nous savons que tu le connais. Car nous avons la liste des appels téléphoniques que vous avez passés en décembre, et à côté, dans la pièce des interrogatoires, se trouve

Fillis, et il chante comme un canari. Il dit que c'est toi qui as commis les cambriolages, pas lui. Il te les a seulement soufflés à l'oreille…

— Non, messire, ça ne m'évoque rien… »

Mais ses yeux trahissent son inquiétude.

« Le truc, Rudewaan, c'est qu'il veut te faire porter le chapeau pour le crime. Il veut sortir tranquillement d'ici et que tu ailles en taule. Ce n'est pas juste.

— C'est sa parole contre la mienne, messire…

— Non, ce n'est pas ça, intervient Griessel. Nous savons que tu portais des gants quand tu cambriolais, Rudewaan. Mais nos experts scientifiques ont retrouvé sur la scène quelques cheveux t'appartenant. Les cheveux, ça tombe tout le temps. On va les faire analyser pour avoir ton ADN. Comme ça on saura que tu étais bien sur la scène du crime. Il va te falloir retourner en prison.

— Aïe, messire…

— Voilà le deal, Rudewaan, tranche Cupido. Nous ne cherchons pas à te coincer, toi, mais ce serpent de Fillis. Je te promets, tu repars libre ce soir si tu nous racontes la vérité. Je suis ta carte "sortie de prison", Rudewaan…

— Aïe, messire…

— C'est ta dernière chance.

— Sinon, le juge, cette fois-ci, va t'épingler pour longtemps, menace Griessel.

— Messires, allez-vous mettre ce deal sur papier ?

— Tu es du genre médiéval, mais tu n'es pas bête, n'est-ce pas, mon frère ? »

Petit sourire nerveux sous la fine moustache. « Non, messire, je ne suis pas bête. »

Rudewaan Ismail leur raconte qu'il y a huit ans, à l'époque où il était encore enquêteur à Caledon Square, Fillis l'a arrêté pour cambriolage.

« Mais il ne m'a pas coffré, il m'a simplement dit qu'il lui fallait désormais cinq cents rands par mois pour avoir sa protection. »

Ismail a payé jusqu'à cette nuit où il a été pris en flagrant délit à Durbanville et envoyé en prison.

« À la fin de l'année dernière, Fillis arrive chez moi, on se revoyait pour la première fois depuis des années, il me promet dix mille rands si je parviens à voler pour son compte un tableau dans une ferme. Du côté de Villiersdorp.

— Quel genre de tableau ?

— Une femme avec du bleu.

— Pardon ?

— Une femme avec du bleu. C'est ce que Fillis m'a dit. Il m'a montré une petite photo. Ramène-moi la femme avec du bleu, qu'il a dit. »

Les enquêteurs se regardent d'un air entendu.

« OK, continue.

— Suis allé bavarder avec les gens qui travaillent dans cette ferme. Et j'ai vu que le meilleur moment, c'était le dimanche, pendant qu'ils étaient à l'église. Alors j'ai réussi à entrer dans la maison, j'ai vu dans la chambre à coucher la dame avec le bleu, la même que sur la photo. Je la décroche. Je l'apporte à Fillis, mais il me traite d'imbécile, ce n'est pas une peinture, n'importe quel idiot peut voir qu'il s'agit d'une photo. Je lui réponds que c'est la seule femme avec du bleu dans toute la maison, et je réclame mon argent. Il me dit alors que le tableau doit se trouver dans la maison du vieux. Quel vieux, je demande. Ça n'a pas d'importance, voici l'adresse. Je trouve la maison, je me faufile à l'intérieur. Mais il n'y a aucune dame avec du bleu. Il ne m'a toujours pas payé. C'est pourquoi ça ne me fait rien de moucharder ce salopard. »

Ils procèdent à la mise en garde à vue de Martin Fillis, de Billy de Palma Investigations, pour complicité de cambriolage, recel et commerce de biens volés. Ils ont rejoint Mooiwillem Liebenberg et Frankie Fillander, interrogent Fillis sur ses faits et gestes du lundi, sans relâche jusqu'à minuit passé. Ils étudient à nouveau la liste de ses appels, son alibi, mais il ne lâche rien, à part des injures, des reproches et son insistance à vouloir appeler son avocat.

Ils l'enferment pour la nuit dans une cellule de la

police nationale à Bellville, et s'en retournent chez eux le dimanche au petit matin.

Vaughn Cupido est toujours certain que Fillis est impliqué dans le meurtre d'Alicia Lewis. Mais il ne voit vraiment pas où chercher des preuves.

Griessel ne partage pas les soupçons de son collègue. Il a le moral dans les chaussettes. Il sait qu'ils ne tiennent aucun véritable suspect.

20

À sept heures, Griessel est debout. Attablés à la cuisine, Alexa et lui prennent leur café. Il a encore les yeux pleins du charme du tableau et la tête à l'enquête. Il lui raconte l'ensorcellement que dégage l'œuvre de Fabritius et l'incroyable voyage qui l'a conduite d'une explosion dans un village néerlandais à la chambre forte d'une ferme de Villiersdorp, trois cent soixante-trois ans plus tard. Une toile qui vaut peut-être un milliard de rands, mais pour ses propriétaires, l'argent et une célébrité probable sont moins importants que le sens de la dignité et de la décence d'un vieux fermier à la retraite.

Alexa écoute avec attention, comme toujours. Son visage rayonne d'admiration pour lui, sa main saisit furtivement celle de Benny. Il sait que ce sont des instants pareils qui justifient qu'il l'épouse. Ces moments où elle lui permet de se sentir valorisé, utile, important et apprécié.

Aimé.

Comment expliquer ça à Cupido ?

Elle lui annonce qu'elle va lui préparer une belle omelette fromage-champignons. Il lui répond qu'il doit filer au travail, qu'il est un peu pressé, qu'il se contentera d'une assiette de Weetabix.

« Dépêche-toi de prendre ta douche. À la sortie, ton omelette sera prête.

— Merci, Alexa », dit-il en priant le ciel que, s'il vous plaît, l'omelette soit mangeable.

Sous la douche, il l'entend s'approcher. « Ton téléphone n'arrête pas de sonner. »

Il ouvre la porte de la douche. Elle lui tend une serviette d'une main, le téléphone de l'autre.

« Qui a appelé ?

— Je ne sais pas, il y a un numéro qui s'affiche, c'est tout. »

Il regarde. Deux appels manqués.

Il s'essuie les mains et remercie Alexa. Sans même s'habiller, il rappelle le numéro.

Une voix répond : « Ici, Willie.

— Mon nom est Benny Griessel. Vous venez de m'appeler.

— Ah ! Oui, vous êtes capitaine chez les Hawks, dit la voix excitée, celui qui enquête sur l'affaire du Cadavre blanchi.

— C'est bien ça.

— Mon gars, je crois que j'ai une photo de l'assassin. »

Le cœur de Benny palpite. Lors de chaque enquête on tombe sur des plaisantins, des fous, des solitaires, des vantards, des obsédés qui les inondent de propositions, de solutions, de critiques et d'hypothèses.

« Comment avez-vous obtenu mon numéro ?

— Ah ! C'est toute une histoire. Par tes gars de la scientifique. J'ai d'abord parlé à la police de Grabouw, qui m'a donné le numéro de tes experts, et là, un gars nommé Arnold m'a dit qu'il fallait parler avec toi.

— Et cette photo ? » Benny est certain qu'il s'agit encore d'une blague d'Arnold.

« Je travaille au Fonds de conservation des léopards du Cap, je vis en fait à Betty's Bay, mais on dispose de près d'une cinquantaine d'appareils photo mis en place entre les montagnes du Groot Winterhoek à Porterville et par ici, dans le Kogelberg. Les appareils que nous avons installés prennent les léopards la nuit – quand ils passent entre le capteur et l'objectif, ils coupent le rayon et ça prend une photo, nous faisons des recherches sur leur nombre et sur leurs mouvements…

— OK, fait Griessel, estimant enfin qu'il ne s'agit pas d'une farce.

— Avec la pluie d'hier, j'ai eu du mal sur la plupart des sentiers de montagne, qui étaient embourbés, et j'ai pris du retard. Quand je suis parvenu aux appareils du

Pays vert, il faisait déjà sombre, et j'ai juste changé les cartes mémoire avant de rentrer chez moi. Ce n'est que ce matin que j'ai regardé les clichés, et voilà que je trouve un léopard, une Toyota, une Volkswagen, un groupe de policiers et une sorte de minibus avec l'inscription *SAPS Provincial Crime Scene Investigation Unit.* Alors j'ai appelé la police de Grabouw, et on m'a dit que vous aviez retrouvé hier la voiture du Cadavre blanchi.

— C'est bien ça.

— Bon, j'ai là une photo du type qui est entré dans la réserve au volant de cette voiture. Le datage de la photo indique la nuit de lundi, à onze heures passées. »

Griessel demande à son interlocuteur où il se trouve. Il est chez lui à Betty's Bay, mais il est prêt à apporter la carte mémoire avec la photo, car il ne faut pas qu'elle se perde ou qu'il lui arrive quelque chose.

Benny le remercie. Il s'habille à la hâte en expliquant à Alexa qu'il n'aura pas le temps de déguster l'omelette. Elle va chercher un gros biscuit, le laisse tomber dans un sachet en plastique qu'elle glisse dans la poche de sa veste tandis qu'il téléphone à Vaughn Cupido.

« On le tient, jubile son collègue, on va coincer ce bubon de Fillis aujourd'hui, je te le dis. »

Dans sa voiture, Griessel mange l'excellent biscuit au muesli – Alexa les achète chez Woolworth –, juste un peu trop sec, et arrive le premier au travail. Cupido le rejoint dix minutes plus tard. Impatients, ils attendent dehors, sur l'escalier du bâtiment de la DPCI, l'arrivée de Willie Bruwer, le spécialiste en léopards.

« Tu aurais dû dire à ce type d'envoyer la photo par courriel, dit Vaughn.

— Il était tellement désireux de nous l'apporter lui-même. Je pense qu'il veut faire un tout petit peu partie de l'enquête.

— Son moment de gloire… »

Ils attendent près de trois quarts d'heure. Une Land Cruiser dont les pneus gémissent déboule alors au coin de l'avenue Voortrekker, fait demi-tour et vient s'arrêter à leurs pieds. Bruwer est jeune, Griessel ne lui donne pas plus de vingt-quatre ans. Il porte les vêtements kaki et vert des gardes de réserve naturelle. Il les salue de loin, sort de son véhicule, claque la porte et se dirige vers eux, un porte-document noir à la main.

Il se présente, chacun échange une poignée de main. Cupido l'invite à entrer et ils l'entraînent à l'accueil désert de l'unité des Hawks, au comptoir où officie Mavis en semaine. Il insère la carte mémoire et fait défiler les photos. D'abord la femelle léopard, puis la Toyota grise.

Le visage du conducteur est flou, mais il y a suffisamment d'éléments pour pouvoir l'identifier.

« Que le grand cric me croque, s'écrie Cupido. Je n'arrive pas à croire ça ! »

Ils s'arrêtent à 10 h 24 devant la barrière de la résidence pour retraités de Schonenberg. Ils descendent de voiture et chacun présente au gardien sa carte de policier. « Nous venons voir le professeur Marius Wilke. Levez la barrière. Et ne le prévenez pas de notre arrivée.

— Le professeur est en route vers l'église », dit le gardien.

Ils se sentent mortifiés, car ils étaient bien décidés à l'affronter.

« C'est la seule barrière ?

— Oui.

— À quelle heure reviendra-t-il ?

— Vers onze heures et demie, s'ils ne sont pas allés déjeuner. Certains dimanches, ils vont manger au Waterstone.

— Ils ?

— Hulk et lui.

— Qui est Hulk ?

— Son chauffeur, Bertie. Le prof n'est plus capable de conduire. » Il précise : « Bertie », prononcé avec une inflexion de ton et un mouvement du doigt sur la tempe. « Un peu dérangé du ciboulot. »

Ils donnent des instructions précises au gardien, entrent en voiture dans la résidence, se dirigent vers la maison de Marius Wilke.

« Je suis un idiot, dit Griessel, tandis qu'ils scrutent le chemin.

— Pourquoi, Benna ?

— Wilke nous a dit qu'il ne conduisait plus. J'aurais dû lui demander comment il s'était rendu au petit déjeuner offert par Alicia Lewis.

— De plusieurs façons, Benna. De nos jours, il y a Uber, les taxis, le train…

— Non, je ne le vois pas dans ce type de transports…

— Dans ce cas, nous étions tous deux des idiots… »

Le gardien les appelle à 11 h 37. « Ils viennent de franchir le portail. »

Moins de six minutes plus tard, ils aperçoivent un minibus Volkswagen Caddy qui tourne dans l'allée. Ils descendent de voiture et attendent. Le minibus s'arrête au beau milieu du chemin, à cinquante mètres. Ils distinguent la chevelure intensément blanche du professeur et une silhouette trapue derrière le volant.

Le moteur du Caddy tourne au ralenti, les portes demeurent closes. Ils s'approchent. Ils entrevoient Wilke parler et gesticuler ; le trapu ne bouge pas.

Cupido sort son arme de service, la garde le long du corps. Griessel fait de même. Ils accélèrent le pas.

Côté passager, la porte s'ouvre. Wilke commence à sortir. « Ce vieux Vaughn… », dit-il, mais son sourire est figé.

Cupido lève son pistolet et vise le géant derrière le volant.

« Dites-lui de couper le moteur, prof. Immédiatement. »

Wilke se tourne vers l'habitacle, dit quelques mots qu'ils ne parviennent pas à saisir. Ils accourent. Griessel est le plus proche du conducteur. Il distingue ses yeux sauvages. L'homme se trouve entre le professeur et lui. Griessel hurle : « Coupez le moteur, ou je tire. » Il voit la peur dans ce regard, il sait que le type va tenter quelque chose.

La voix de canard de Marius Wilke tranche net : « Bertie, fais ce qu'ils te disent ! » Un ordre sec.

Bertie éteint le moteur et lève lentement les mains.

Au poste de police de Somerset West, ils montrent au professeur Wilke la photo où il tient le volant de la Toyota de location d'Alicia Lewis. Il la contemple et soupire longuement :

« C'était un accident. Je vous le jure, c'était un accident. Elle est tombée. Là-bas, près du pont du Theewaterskloof. Ce n'était qu'un accident. Mais je me disais que personne ne nous croirait. Je le savais. »

Ils enregistrent, avec une caméra vidéo ainsi qu'avec leurs portables. Wilke ajoute : « Mon vieux Benny, je ne vous ai pas dit toute la vérité. »

Mais pourtant, il y avait dans son témoignage une

part de vérité : il avait bel et bien fait des recherches sur le tableau, et déniché les indications de Thibault à son sujet – ce merveilleux Thibault, digne, intelligent polyvalent. Cette œuvre appartient au Cap, elle fait partie de la tapisserie de l'histoire qui a été tissée dans ce pays. Il a retracé l'arbre généalogique de Gysbert van Reenen pour le compte d'Alicia Lewis. Depuis celui qui a acheté la toile jusqu'à Willem Vermeulen Junior. De bonnes gens du Cap. Des Sud-Africains. Ils font partie de cette région. De ce pays. Ce qui signifie que ce tableau de Fabritius est sud-africain, qu'il fait partie de la fibre même du Cap. Et de l'Afrique du Sud.

Il faut qu'ils le comprennent, quelqu'un doit conserver cet héritage.

Car les gens n'y attachent plus d'importance, personne ne s'intéresse plus à l'histoire et à la culture, pas même à la langue*, tout le monde est en quête de richesse et de célébrité. Sa vie durant, il a constaté combien l'histoire et les objets historiques étaient négligés, souvent endommagés, il a observé les attaques contre l'afrikaans, son démantèlement. Ces deux dernières années, on a brûlé des œuvres d'art sur les campus, brisé des statues, au nom de la décolonisation, aux cris de

* L'afrikaans. La défense de la langue a longtemps cimenté les Afrikaners. Un monument lui a même été consacré à Paarl.

« *Rhodes Must Fall** » et d'autres campagnes insensées… On ne peut tout de même pas nier notre histoire. On ne peut pas la changer. Les gens ne le comprennent-ils donc pas ? Il faut savoir d'où l'on vient, avant de savoir qui on est et où l'on va.

Ainsi disserte Marius Wilke, un fleuve ininterrompu de mots, de passion, de suppliques, le tout de sa frêle voix perchée. Il explique qu'il a essayé par lui-même de retrouver les neuf descendants, mais qu'il progressait trop lentement.

Tout récemment, il a reçu des nouvelles d'Alicia Lewis. Elle lui disait qu'elle venait au Cap, il lui a promis de lui remettre un livre. Il a compris qu'elle avait localisé le tableau. Voulant saisir l'occasion, il a accepté de prendre le petit déjeuner avec elle et lui a offert son meilleur ouvrage, afin qu'elle puisse comprendre et apprécier un peu l'histoire du Cap, espère-t-il. Afin qu'elle écoute son plaidoyer dans un esprit positif. Ce matin-là, à l'hôtel, il l'a suppliée : « Ne permettez pas que l'avarice triomphe. Ne sortez pas ce tableau de ce pays. Conservez-le ici. Rendez-le célèbre, mais aidez-moi à le garder au pays. »

Elle a ri, a pris son livre et s'en est allée.

---

* Campagne pour éloigner de l'université du Cap la statue de Cecil Rhodes, Premier ministre de la province entre 1890 et 1896 et promoteur actif de l'impérialisme britannique.

21

Alors il a grimpé dans le Volkswagen Caddy et a dit à Bertie d'attendre près de l'hôtel, ils verront bien quand elle partira et la suivront.

Alicia Lewis a pris la route de Franschhoek. Elle est passée par le col de Franschhoek en direction du lac de Theewaterskloof. Puis Villiersdorp. Et sur l'autre versant, vers la ferme Eden appartenant à Willem et Minnie Vermeulen.

Willem Vermeulen, c'était un des noms sur la liste qu'il avait envoyée à Mme Lewis.

Il sait désormais que c'est là que se trouve le tableau. Elle est venue le chercher.

Bertie et lui ont attendu longtemps, et quand elle est sortie en fin d'après-midi, il a juste voulu voir à quoi ressemblait la toile. Oui, il voulait vraiment la voir, car il était bien possible que ce soit la seule fois dans sa vie qu'il ait ce privilège, il est déjà un vieil homme. Et comme il a fait des recherches à son sujet, qu'il a retrouvé sa trace, il estime qu'il a le droit de...

Mais bon, mais bon, il voulait voir le tableau et aussi essayer de persuader Alicia Lewis une dernière fois de ne pas l'emporter à l'étranger. Il a cru que son esprit et sa logique parviendraient à l'infléchir. La limpidité de son raisonnement a souvent convaincu ses interlocuteurs, et puis, il s'agit d'une femme intelligente.

Au cours de leur carrière, Griessel et Cupido ont entendu des centaines de confessions. Mais jamais une prestation aussi animée. La voix de Marius Wilke ne cesse de monter dans les aigus et dans l'émotivité. Le petit corps se tord et sursaute à chaque révélation, son visage, ses yeux, tout se noue en une tentative intense, frénétique, de les convaincre qu'il s'agit de la vérité.

Il a demandé à Bertie de dépasser la Toyota d'Alicia Lewis et de la contraindre à s'arrêter.

Ils ont réussi l'opération sur le barrage. Alicia Lewis a bondi hors de sa voiture de location, elle était très en colère. « Comment osez-vous ? Comment osez-vous ? » Il a essayé de lui expliquer, mais elle a menacé d'appeler la police, elle refusait de comprendre toutes ses motivations. Il a dit qu'il voulait simplement voir le tableau, il ne demandait rien d'autre.

« Foutez le camp, affreux nabot ! » a-t-elle hurlé.

Il a perdu son sang-froid, car elle s'est montrée brutale. Des persécuteurs, il en a connu pendant son enfance, des brutaux qui haïssaient sa petite taille et son cerveau puissant, qui l'ont traité de clown, de minimonstre, c'est pourquoi il était hors de lui. En plus : ce sont sa passion pour l'histoire, la tâche de sa vie, son amour qui l'ont poussé à bloquer sa voiture, et la voilà qui l'insulte ! L'injurier, lui qui l'a aidée à retrouver le tableau !

Il s'est insurgé, il a riposté à ses paroles blessantes, mais ce n'était pas violent. Non, il n'est pas comme ça. En cet instant de colère, tout ce qu'il voulait faire, c'était reprendre son livre. Celui qu'il lui a dédicacé, qu'il lui a donné le matin au petit déjeuner.

Il s'est alors dirigé vers sa voiture, a ouvert la porte et a saisi son sac à main. C'est là que se trouvait son livre.

Elle a tempêté et juré, attrapé la bandoulière du sac et tiré. Il est petit, vieux et faible, elle est plus forte, plus grande, plus jeune. Il s'est rendu compte qu'il était vain de continuer.

C'est alors qu'il a commis une grosse faute, il a lâché la lanière du sac. Soudainement.

Elle a chancelé. Elle est tombée, a basculé sur la balustrade du pont.

Ils ont entendu un bruit sourd quand elle a heurté le sol.

Il est sous le choc. Il entend Bertie pleurnicher comme un enfant, ce cher, ce très cher Bertie. À cet instant, il se dit qu'il doit utiliser son intellect, sa logique, sa faculté de raisonnement pour les protéger. Bertie surtout. Car Bertie est un grand enfant. Bertie n'est pas responsable. Bertie est le fils de sa voisine, du temps où Wilke habitait encore Stellenbosch. Bertie a eu un accident de moto, il y a longtemps. Commotion cérébrale. Bertie est resté chez sa mère, elle s'est occupée de lui. Quand elle est décédée, il n'avait plus personne, alors lui, Marius Wilke, l'a pris en pitié et lui a donné un job. Viens, Bertie, tu seras mon chauffeur, je ne peux plus conduire. Il a rendu sa fierté à Bertie. Une chose pareille ne saurait être l'œuvre d'un mauvais homme.

Il est là, sur le pont qui franchit le barrage, en état de choc, mais il finit par se ressaisir. « Du calme, Bertie, ce n'était qu'un accident. »

Il réfléchit. Il réfléchit à la manière dont on percevra l'affaire. Ils l'ont suivie. Comme des délinquants. Ils l'ont forcée à s'arrêter. Cela va sembler très suspect. Personne ne voudra le croire. Il faut trouver une solution. Pour protéger Bertie, finalement, simplement pour protéger Bertie.

Alors, il a élaboré un plan.

Dans le crépuscule, ils ont pris un sentier qui serpentait vers le lac, afin de retrouver le corps qui gisait sous le pont, sur le sol asséché. « C'est la sécheresse qui est responsable de sa mort, il y a deux ans, elle serait tombée dans l'eau. C'est la faute de la sécheresse. »

Ils ont transporté son corps dans le coffre de la Toyota. Il a envoyé Bertie acheter de l'eau de Javel à Grabouw, autant qu'il pourra en trouver, mais pas plus de deux bouteilles par magasin. Et puis des bouteilles d'eau, des torchons et un seau. Car lui, Marius Wilke, est un homme instruit, il est informé, il regarde les émissions d'enquêtes policières à la télévision. Il est au courant des produits à base de chlore et de l'ADN.

Il a donc saisi le téléphone dans le sac à main et l'a brisé en mille morceaux contre le pilier en béton du pont, car il s'y connaît en portables et sait qu'ils peuvent trahir beaucoup de choses.

Il a veillé la femme en attendant le retour de Bertie.

Ensuite, il a pris la tête du convoi, dans la voiture de location, cherché et trouvé un petit sentier de ferme. C'est là qu'il a été photographié par l'appareil mis en place pour les léopards. Il était tellement tendu, tellement concentré, qu'il n'a pas remarqué le déclic.

Bertie le suivait. Ils ont lavé la voiture d'Alicia Lewis. Ils ont déshabillé la femme, l'ont entièrement lavée. Puis ils l'ont déposée de nouveau dans le coffre. Ils ont emporté son sac, ses vêtements, ses clés de voiture, ramassé les torchons, toutes les bouteilles d'eau de Javel. Ils ont jeté tous ces objets, un par un, le long du chemin, tous les cinq ou six kilomètres.

Bertie l'a déposé à son domicile à Somerset West.

Peu après, il a appris aux informations l'histoire de la

femme trouvée au col de Sir Lowry. Il a appelé Bertie et lui a demandé : « Qu'as-tu fait, Bertie ? »

Bertie lui a répondu : « Elle gisait dans le noir, professeur. Ce n'est pas juste, on ne peut pas laisser quelqu'un comme ça dans le noir. »

Bertie était allé la rechercher pour l'exposer là-haut sur le muret.

22

Mardi, la banque appelle Benny Griessel juste avant l'heure du déjeuner.

La dame est aimable. « Votre nom est dans tous les journaux. Vous êtes en fait quelqu'un de connu. »

Il ne trouve pas de réponse appropriée.

« Pourquoi n'aviez-vous pas dit que vous faisiez partie des Hawks ? »

Sur le formulaire qu'elle a sous les yeux, il est marqué DPCI. Mais cela ne précise pas qu'il s'agit des Hawks. Griessel ne dit toujours rien.

« Nous vous accordons volontiers le prêt, Benny. Je peux dire "Benny" ? Passez à l'agence, on va signer tout ça, et si cela vous va, on prendra aussi quelques photos. Quand pourriez-vous venir ? »

Il hoche la tête, simplement. À présent, il détient quelque chose que sa banque aimerait bien avoir.

DU MÊME AUTEUR

Aux Éditions Gallimard

LA PROIE, Série Noire, 2020

Aux Éditions du Seuil

L'ANNÉE DU LION, 2017 (Points n° P4883)

EN VRILLE, 2016 (Points n° P3349)

KOBRA, 2014 (Points n° P3349)

7 JOURS, 2013 (Points n° P3349)

À LA TRACE, 2012 (Points n° P3035)

13 HEURES, 2010 (Points n° P2579)

LEMMER, L'INVISIBLE, 2008 (Points n° P2290)

LE PIC DU DIABLE, 2007 (Points n° P2015)

L'ÂME DU CHASSEUR, 2002 (Points n° P1414)

LES SOLDATS DE L'AUBE, 2002 (Points n° P1159)

JUSQU'AU DERNIER, Grand Prix de littérature policière, 2002 (Points n° P1072)

Déjà parus dans la même collection

William Lindsay Gresham, *Nightmare Alley*
Jørn Lier Horst, *Le code de Katharina*
Olivier Barde-Cabuçon, *Le cercle des rêveurs éveillés*
Thomas Cantaloube, *Frakas*
Marin Ledun, *Leur âme au diable*
Jean-Bernard Pouy & Marc Villard, *La mère noire*
Parker Bilal, *Les divinités*
Pierre Pelot, *Les jardins d'Éden*
Dolorès Redondo, *La face nord du cœur*
Sébastien Raizer, *Les nuits rouges*
William R. Burnett, *Good-bye, Chicago 1928*
William R. Burnett, *Little Caesar*
Jacques Moulins, *Le réveil de la bête*
Deon Meyer, *La proie*
Jean-Patrick Manchette, *L'affaire N'Gustro*
Jørn Lier Horst, *Le disparu de Larvik*
J.-P Smith, *Noyade*
Dror Mishani, *Une Deux Trois*
Sébastien Gendron, *Fin de siècle*
Parker Bilal, *La cité des chacals*
Vlad Eisinger, *Du rififi à Wall Stree*t
Danü Danquigny, *Les aigles endormis*
Neely Tucker, *Seules les proies s'enfuient*
Marc Villard, *Barbès Trilogie*
Caryl Férey, *Paz*
Mike Nicol, *L'Agence*
Jo Nesbø, *Le Couteau*
Tom Piccirilli, *Dernier murmure dans le noir*
Bryan Reardon, *Le vrai Michael Swann*

Chantal Pelletier, *Nos derniers festins*
Marin Ledun, *La vie en rose*
Elsa Marpeau, *Son autre mort*
Jørn Lier Horst, *L'usurpateur*
Patrick Hoffman, *Chaque homme, une menace*
Éric Maravélias, *Au nom du père*
Thomas Cantaloube, *Requiem pour une république*

Composition : Nord Compo.
Achevé d'imprimer
sur Roto-Page
par l'Imprimerie Floch
à Mayenne, le 5 juillet 2021.
Dépôt légal : juillet 2021.
Numéro d'imprimeur : 98643.

ISBN 978-2-07-285780-5 / Imprimé en France.

356066